中国文化知识读本

Zhongguo Wenhua
Zhishi Duben

司马相如与汉赋

主编 金开诚

编著 孙学敏

吉林出版集团有限责任公司

吉林文史出版社

图书在版编目（CIP）数据

司马相如与汉赋 / 孙学敏编著 . 一长春：吉林出
版集团有限责任公司：吉林文史出版社，2009.12（2022.1 重印）
（中国文化知识读本）
ISBN 978-7-5463-1966-7

Ⅰ . ①司… Ⅱ . ①孙… Ⅲ . ①司马相如（前 179 ～前
117）– 人物研究②汉赋 – 文学欣赏 Ⅳ . ① K825.6
② I207.22

中国版本图书馆 CIP 数据核字（2009）第 236927 号

司马相如与汉赋

SIMAXIANGRU YU HANBIN

主编 / 金开诚　编著 / 孙学敏

项目负责 / 崔博华　责任编辑 / 曹恒　于涉

责任校对 / 王文亮　装帧设计 / 曹恒

出版发行 / 吉林文史出版社　吉林出版集团有限责任公司

地址 / 长春市人民大街4646号　邮编 / 130021

电话 / 0431-86037503　传真 / 0431-86037589

印刷 / 三河市金兆印刷装订有限公司

版次 / 2009 年 12 月第 1 版　2022 年 1 月第 4 次印刷

开本 / 650mm×960mm　1/16

印张 / 8　字数 / 30千

书号 / ISBN 978-7-5463-1966-7

定价 / 34.80元

关于《中国文化知识读本》

　　文化是一种社会现象，是人类物质文明和精神文明有机融合的产物；同时又是一种历史现象，是社会的历史沉积。当今世界，随着经济全球化进程的加快，人们也越来越重视本民族的文化。我们只有加强对本民族文化的继承和创新，才能更好地弘扬民族精神，增强民族凝聚力。历史经验告诉我们，任何一个民族要想屹立于世界民族之林，必须具有自尊、自信、自强的民族意识。文化是维系一个民族生存和发展的强大动力。一个民族的存在依赖文化，文化的解体就是一个民族的消亡。

　　随着我国综合国力的日益强大，广大民众对重塑民族自尊心和自豪感的愿望日益迫切。作为民族大家庭中的一员，将源远流长、博大精深的中国文化继承并传播给广大群众，特别是青年一代，是我们出版人义不容辞的责任。

　　《中国文化知识读本》是由吉林出版集团有限责任公司和吉林文史出版社组织国内知名专家学者编写的一套旨在传播中华五千年优秀传统文化，提高全民文化修养的大型知识读本。该书在深入挖掘和整理中华优秀传统文化成果的同时，结合社会发展，注入了时代精神。书中优美生动的文字、简明通俗的语言、图文并茂的形式，把中国文化中的物态文化、制度文化、行为文化、精神文化等知识要点全面展示给读者。点点滴滴的文化知识仿佛繁星，组成了灿烂辉煌的中国文化的天穹。

　　希望本书能为弘扬中华五千年优秀传统文化、增强各民族团结、构建社会主义和谐社会尽一份绵薄之力，也坚信我们的中华民族一定能够早日实现伟大复兴！

目录

一 仰慕相如今亦狂

黄庭坚《廉颇蔺相如列传》
（局部）

（一）司马相如名字由来

据司马迁《史记·司马相如列传》记载，司马相如字长卿，名犬子。因为仰慕赵国上卿蔺相如的为人，更名为相如，西汉著名辞赋家。

提到蔺相如，大家自然会想到《将相和》。《将相和》这个故事出自司马迁的《史记·廉颇蔺相如列传》，由"完璧归赵""渑池之会"和"负荆请罪"三个小故事组成。这三个小故事的关系是："渑池之会"是"完璧归赵"的发展，"完璧归赵"和"渑池之会"又是"负荆请罪"的起因，"完璧归赵"、"渑池之会"和"负荆请罪"和起来又组成了"将相和"这一完整曲折的故事。

司马相如仰慕蔺相如的机智勇敢、为
人大度，为国家利益不计个人得失，所以
也叫相如，相信是想成为蔺相如一样的人
吧。然而关于他的为人，至今仍褒贬不一。
在《百家讲坛》中，王立群把司马相如和
卓文君的故事称为"欺骗世人两千多年的
爱情神话"。"古典文献很多都对此有记载，
二千多年前，古人已经给司马相如下了评
语，我只是论证这个评语的正确性。"王
立群拿出了《解嘲》等三份古典文献作证：
"'汉赋四大家'之一的扬雄在其名作《解
嘲》一文中第一次提出，司马长卿窃赀于
卓氏。其后，北朝颜之推的《颜氏家训·文

司马相如塑像

仰慕相如今亦狂

章篇》指出：司马长卿，窃赀无操。唐人司马贞的《史记索隐》中再次指出：相如纵诞，窃赀卓氏。"所谓"赀"，在文言文中假借为"资"，财产的意思。王立群正是凭"窃赀"得出了司马相如骗财一说。关于骗色王立群教授是这样说的："司马相如是在无法维持生计的落魄之时应密友王吉之邀来到临邛的。司马相如到临邛之后，大肆摆谱，制造声势，实际上是文人与县长联手，钓卓王孙上钩。后来卓王孙设宴，这才有了琴挑卓文君。《史记》中，两次用到"缪"，第一次是"临邛令缪为恭敬，日往朝相如。"指临邛令假装对司马相如恭敬，吸引富豪卓父注意，第二次，"相如缪与令相重。"指相

有关司马相如与卓文
君的绘画

司马相如与汉赋

如假装为临邛令弹奏，其实以《凤求凰》打动卓文君芳心——这都是司马相如的阴谋。

当然也有为司马相如打抱不平的，文君文化研究会理事傅军认为司马相如人品没有问题：从《史记》《汉书》及司马相如的辞赋中看来，司马相如不是一个"老谋深算"的人。《史记》中还有这样的内容"至日中，谒司马长卿，长卿谢病不能往，临邛令……自往迎相如。相如不得已，强往……文君窃从户窥之，心悦而好之。"由此可见，司马相如早先装病，不愿出席这场宴席，是在临邛令的上门盛情邀请下不得已前往的。而"心

汉赋是在汉代出现的一种有韵的散文

悦而好之"表明卓文君对司马相如是主动的，而非遭到引诱。关于司马相如的人品，《史记》中记载"文君久而不乐，曰：'……从昆弟假贷犹足为生。'"回临邛，是卓文君的主意，目的是向她的兄弟借钱谋生，而不是蓄意去敲诈卓王孙。而卓王孙之所以"分予文君僮百人，钱百万，及其嫁时衣被财物"，重要原因是"昆弟诸公更谓王孙曰：'虽贫，其人材足依也。'"指的就是司马相如人穷但可靠。

关于司马相如的为人没有最终的结论，但是关于他的文学成就却是有目共睹的。他没有像蔺相如一样成为出色的政治家，却成为一个伟大的文学家，他在文学史上有很高的地位，"文章西汉两司马"指的就是史学家司马迁和辞赋家司马相如。司马相如在赋这种文体发展和定型的过程中起到了非常重要的作用。他是汉大赋的奠基人和代表作家。

（二）赋的特征及分类

赋作为一种文体，早在战国时代后期便已经产生了。最早写作赋体作品并以赋名篇的可能是荀子。据《汉书·艺文志》载，荀子有赋 10 篇（现存《礼》《知》、《云》《蚕》

汉赋在我国文学史上有着重要的地位

《箴》5 篇），是用通俗"隐语"铺写五种事物。旧传楚国宋玉也有赋体作品，如《风赋》《高唐赋》《神女赋》等，辞藻华美，且有讽谏用意，较之荀赋，似与汉赋更为接近，但或疑为后人伪托，尚无定论。从现存荀赋来看，这时赋体还属萌芽状态。赋体的进一步发展，当受到战国后期纵横家的散文和新兴文体楚辞的巨大影响。赋体的主要特点，是铺陈写物，"不歌而诵"，接近于散文，但在发展中它吸收了楚辞的某些特点——华丽的辞藻、夸张的手法，因而丰富了自己的体制。赋是汉代最流行的文体。在两汉四百年间，一般文人多致力于这种文体的写作，因而盛极一时，后世往往把它看成是汉代文学的代表。赋也因此被称为汉赋。

汉赋的特点是散韵结合，专事铺叙。从形式上看，在于"铺采摛文"；从结构上说，一般都有三部分，即序、本文和被称作"乱"或"讯"的结尾。汉赋写法上大多以丰辞缛藻、穷极声貌来大肆铺陈，为汉帝国的强大或统治者的文治武功高唱赞歌，只在结尾处略带几笔，微露讽谏之意；从内容上说，侧重"体物写志"。汉赋的内容可分为5类：一是渲染宫殿城市；二是描写帝王游猎；三是叙述旅行经历；四是抒发不遇之情；五是杂谈禽兽草木。

汉赋分为骚体赋、大赋和小赋。汉初的赋是从楚辞脱胎而来的，所以叫骚体赋，其

汉赋广场

司马相如与汉赋

内容、形式和风格都和楚辞相当接近，如内容上侧重于抒情，而且抒发的多是抑郁之情；在形式上与楚辞没有多大差别，也用"兮"字句，句式整齐，通篇押韵等，接近于诗歌；大赋又叫散体大赋，规模巨大、结构恢弘、气势磅礴，语汇华丽，往往是成千上万言的长篇巨制。西汉时的贾谊、枚乘、司马相如、扬雄，东汉时的班固、张衡等，都是大赋的行家；小赋扬弃了大赋篇幅冗长、辞藻堆砌、舍本逐末、缺乏情感的缺陷，在保留汉赋基本文采的基础上，创造出篇幅较小、文采清丽、讥讽时事、抒情咏物的短篇小赋，赵壹、蔡邕、祢衡等都是小赋的高手。

张衡像

　　骚体赋的首倡者是西汉初年的贾谊，代表作是《吊屈原赋》和《鵩鸟赋》。《吊屈原赋》，是贾谊身处统治阶级内部矛盾而受毁谤与排挤，在汉文帝三年（公元前177年）被贬为长沙王太傅以后所作。他认为自己政治上的遭遇同屈原相似，因而在赋中不但慨叹屈原生前的不幸，对他寄以极大的同情；同时，也以屈原坎坷的一生作自喻，揭露了统治者的是非不分、黑白颠倒，抒发了自己不受重用的不平和不

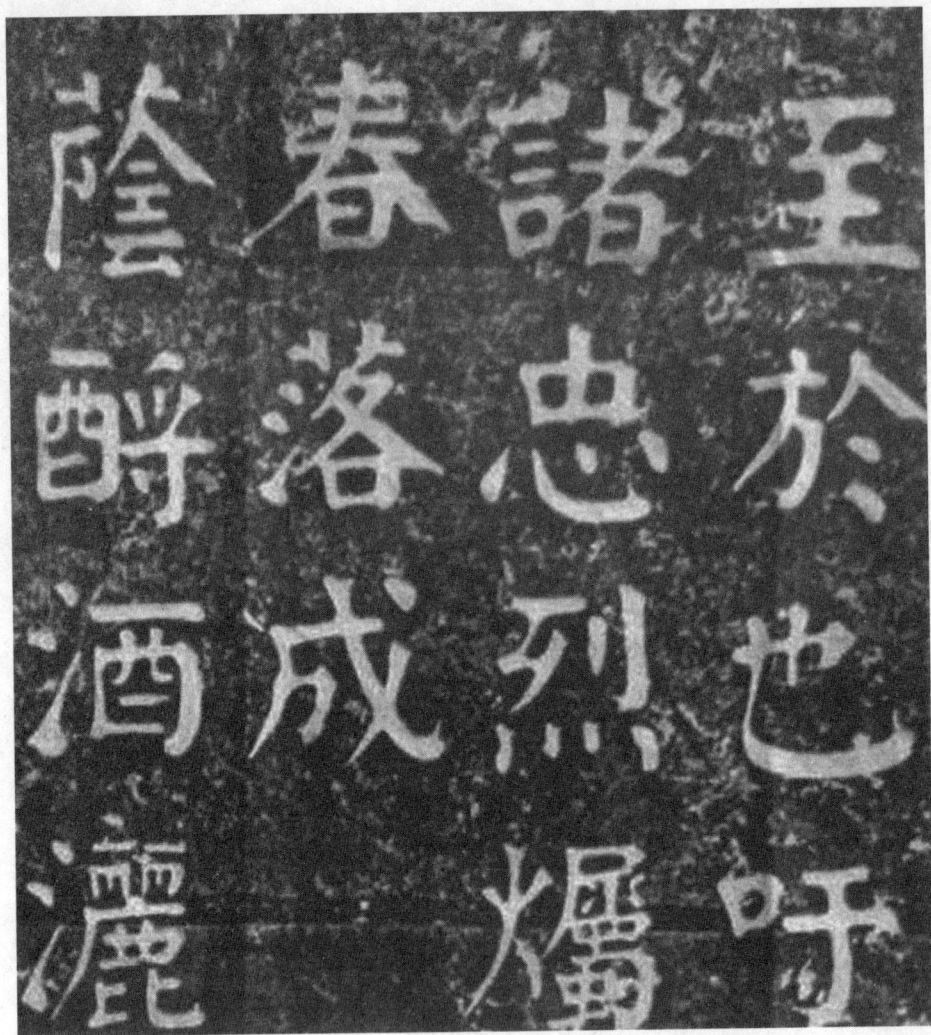

《汉大赋》（局部）

甘屈服的心情。既是吊古，也是伤今。贾谊任长沙王太傅第三年的一天，有一只鵩鸟（猫头鹰）飞入他的住宅。长沙民间认为猫头鹰所到的人家，主人不久将会死去。贾谊谪居长沙本已郁郁不得志，又凑巧碰上这事，更是触景生情，倍感哀伤，便写下《鵩鸟赋》，假借与鵩鸟的问答，抒发自己的怀才不遇之情，并用老庄"齐生死，等祸福"的思想来自我宽解。

汉大赋的奠基者和成就最高的代表作家就是司马相如。《昭明文选》所载《子虚》、《上林》两赋是他的著名代表作。扬雄在《法言·吾子》中说："如孔氏之门用赋也，则

司马相如故里

仰慕相如今亦狂

扬雄是汉赋四大家之一

贾谊升堂，相如入室矣。"扬雄也是西汉时期汉大赋的代表作家，《甘泉》《河东》《羽猎》《长杨》四赋是他的代表作。这些赋在思想、题材和写法上，都与司马相如的《子虚》《上林》相似，不过赋中的讽谏成分明显增加，而在艺术水平上有了进一步的提高，部分段落的描写和铺陈相当精彩，在模拟中有自己的特色。后世常以"扬、马"并称，原因即在于此。他的《解嘲》，是一篇散体赋，写他不愿趋附权贵，而自甘淡泊的生活志趣，纵横论辩，善为排比，可以看出有东方朔《答客难》的影响。但在思想和艺术上仍有自己的特点，对后世述志赋颇有影响。《逐贫赋》和《酒赋》，或表达自己甘于贫困，鄙视"贫富苟得"的志趣，或对皇帝、贵族有所讽谏，思想和写法也都各具特色。班固是东汉前期的著名赋家。他的代表作《两都赋》，由于萧统编纂《文选》列于卷首，而受到人们的普遍重视。《两都赋》在体例和手法上都是模仿司马相如的，是西汉大赋的继续，但他把描写对象，由贵族帝王的宫苑、游猎扩展为整个帝都的形势、布局和气象，并较多地运用了长安、洛阳的实际史地材料，因而较之司马相如、扬雄等人的赋作，有更为实在

扬雄像

的现实内容。

小赋也被称为抒情小赋。东汉中叶至东汉末年这一时期，汉赋不论从思想内容、体制还是风格都开始有所改变，之前歌颂国势声威、美化皇帝功业，专以铺采叠文为能事的大赋逐渐减少，而反映社会黑暗现实、讥讽时事、抒情咏物的短篇小赋开始兴起。东汉中叶以后，宦官外戚争权，政治日趋腐败，加以帝王贵族奢侈成风、横征暴敛，社会动乱频仍，民生凋敝。文人们失去了奋发扬厉的精神，失望、悲愤，乃至忧国忧民的情绪成为他们思想的基调，这就促使赋的题材有所扩大，赋的风格有所转变。这种情况的出现始于张衡，

仰慕相如今亦狂

汉文化广场《书简》塑像

他的代表作是《二京赋》和《归田赋》。《二京赋》是他早年的作品，基本上是模拟司马相如的《子虚》《上林》和班固的《两都赋》。但他对统治阶级荒淫享乐生活的指责比较强烈和真切，他警告统治者天险不可恃而民怨实可畏，要统治者懂得荀子所说的"水所以载舟亦所以覆舟"的道理。这是当时尖锐的社会矛盾对作者的启发，表现了当时文人对封建统治的危机感。《二京赋》除了像《两都赋》一样，铺写了帝都的形势、宫室、物产以外，还写了许多当时的民情风俗，容纳了比较广阔的社会生活。值得特别注意的是他的《归田赋》。作者以清新的语

言，描写了自然风光，抒发了自己的情志，表现了作者在宦官当政，朝政日非的情况下，不肯同流合污，自甘淡泊的品格。继张衡而起的是赵壹和蔡邕，赵壹的《刺世嫉邪赋》对东汉末年是非颠倒"情伪万方"的黑暗现象进行了揭露和抨击，表现了作者疾恶如仇的反抗精神。这篇赋语言犀利，情绪悲愤，揭露颇有深度，与前一阶段那种歌功颂德，夸美逞能的大赋，已经是完全殊途了。蔡邕的《述行赋》是他在桓帝时被当权宦官强征赴都，在途中有感而作。在赋中作者不仅揭露和批判了当时宦官专权、政治黑暗、贵族们荒淫无耻的现实，

仰慕相如今亦狂

《北征赋》

而且还满怀同情地写出了当时的民间疾苦，表现了作者的爱憎感情，语言平实、格调冷峻，颇具感染力。

（三）鸿篇巨制汉大赋

古人往往把汉大赋奉为汉赋正宗，因为汉大赋铺排夸张、辞藻华丽，真正体现出一个王朝的开阔胸襟和恢弘气度。自汉高祖统一全国后，社会逐渐安定，经过汉初的休养生息；直至"文景之治，"生产力得以恢复发展，物产丰盈，经济繁荣，国家日益富足。到汉武帝时，国力强大，开疆拓土，北击匈奴，西通西域，南征百越，东伐高丽，丝绸之路远达万里之外。恢弘的国家气象，昂扬的民族精神，煊赫的帝王声威，物质文化的盛况，

司马相如与汉赋

社会生活的各个领域，都需要以新的文学形式表现出来。因此，以抒情言志为主的诗歌和传达忧思悲慨的骚体赋已经不适合时代的要求，于是以状物叙事为主的铺张扬厉的汉大赋便应运而生，蔚为大观。

汉大赋这种鸿篇巨制体裁的创立，非常适合表现隆盛时代的面貌和统治者的豪华生活、骄奢心理。西汉帝王为了奢侈享乐，显示权威和气派，大肆修筑宫殿、辟建园囿、田猎巡狩、玩弄狗马、享受声色，同时又需要文人为之歌功颂德、粉饰逢迎，描定炫耀。汉帝国经济文化、外交实力强大，上层统治者好大喜功，崇尚巨丽、博大。"大就是美"这种自古有之的民族特色的审美传统，便迅速而又全面地成为了当时整个民族的社会心理和审美风尚。要大，要有光辉，就必须要有丰富的内容去填充。而这个"内容"必须是物。它要穷尽事物，因此它要铺排，要通过铺陈排列来达到对天地万物的穷尽，于是出现自然物的纷纷繁繁的罗列，无所不包的描写。广陵的狂潮、大海的惊涛、云梦泽的风物、上林苑的山水……成了人们欣赏的对象，也成了作家们重要的描写对象。他们"控引天地、

汉高祖刘邦像

仰慕相如今亦狂

017

错综古今"，还向人们展示了一个更为阔大无限的想像境界。

汉大赋虽然在思想内容和艺术上有一定的局限性，但在文学史上仍然有其一定地位。

首先，即以那些描写宫苑、田猎、都邑的大赋来说，大都是对国土的广阔，水陆物产的丰盛，宫苑建筑的华美、都市的繁荣，以及汉帝国的文治武功的描写和颂扬，这在当时并不是毫无意义的。而赋中对封建统治者的劝喻之词，也反映了这些赋作者反对帝王过分华奢淫靡的思想，表现了这些作者并非是对帝王贵族们毫无是非原则的奉承者和阿谀者。尽管这方面的思想往往表现得很委婉，收效甚微，但仍然是不应抹杀的。

其次，汉大赋虽然炫博耀奇、堆垛词藻，以至好用生词僻字，但在丰富文学作品的词汇、锻炼语言辞句、描写技巧等方面，都取得了一定的成就。建安以后的很多诗文，往往在语言、辞藻和叙事状物的手法方面，从汉赋得到不少启发。

最后，从文学发展史上看，两汉辞赋的繁兴，对中国文学观念的形成，也起到一定促进作用。中国的韵文从《诗经》《楚辞》开始。中经西汉以来辞赋的发展，到东汉开

司马相如读书台

司马相如与汉赋

始初步把文学与一般学术区分开来。《汉书·艺文志》中除《诸子略》以外，还专设立了《诗赋略》，除了所谓儒术、经学以外，又出现了"文章"的概念。至魏晋则出现了"诗赋欲丽"(曹丕《典论·论文》)，"诗缘情而绮靡，赋体物而浏亮"(陆机《文赋》) 等对文学基本特征的探讨和认识，文学观念由此日益走向明晰化。

扬雄画像

（四）关于赋的典故

赋在历史上曾经留下不少典故，其中有两条涉及到赋的评价和创作精神问题，生动有趣。一是雕虫篆刻、一是洛阳纸贵。

先说"雕虫篆刻"。这是著名赋家扬雄对汉赋的总评价，语出《法言·吾子》：或问："吾子少而好赋。"曰："然。童子雕虫篆刻。"俄而，曰："壮夫不为也。"虫，指虫书。篆，指篆书，分大篆、小篆两种。刻，指刻符。秦统一天下后，规范文字，定书体为八种，虫书、大篆、小篆、刻符各为其一。其中虫书、篆书，都是汉代书童学习书法的内容。童子学书，一笔一画地临摹，在行家看来，是小孩子所为，自然是"雕虫小技"了。扬雄把汉赋比作"童

仰慕相如今亦狂

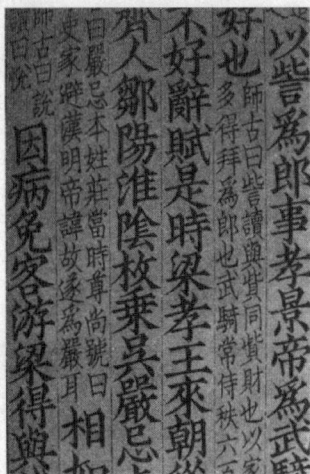

汉书《司马相如传》

子雕虫篆刻"，是说汉赋雕字琢句，不过是童子描摹笔画一类的玩意，所以"壮夫不为也"。扬雄的观点在反对赋体创作中无视讽谏作用、崇尚藻采华丽的倾向，无疑是正确的。但如果因为赋体创作中存在这种倾向，就把赋体文学视为"小技末道"，就走向了另一极端，不足为训。

再说"洛阳纸贵"，这是对辛勤作赋的一种肯定，以事实反驳了扬雄的观点。为做《三都赋》，西晋文人左思整整构思十年，门庭、篱笆、茅厕都放着纸和笔，偶得一句，随手记下。自感知识不够渊博，请求自任秘书郎，广泛接触典籍。赋完成之后，当时并不被世人看好，于是左思将赋呈献给颇有名望的皇甫谧审读，皇甫谧阅读后连连叫好，并为之作序。此后，张载为《魏都赋》作注，刘逵为《吴都赋》和《蜀都赋》作注，并为《三都赋》作序。序称司马相如《子虚赋》、《上林赋》擅名于前；班固《两都赋》理胜其辞；张衡《二京赋》文过其意。至于《三都赋》，铺陈辞藻、敷衍事理、颇多精彩处。司空张华读后说："班张之流也，使读之者尽而有余，久而更新。"于是豪门贵族竞相传写，使"洛阳为之纸贵"。可见，赋的创作艰辛，一旦成功，很受大家欢迎。

司马相如与汉赋

二 《子虚》《上林》铸辉煌

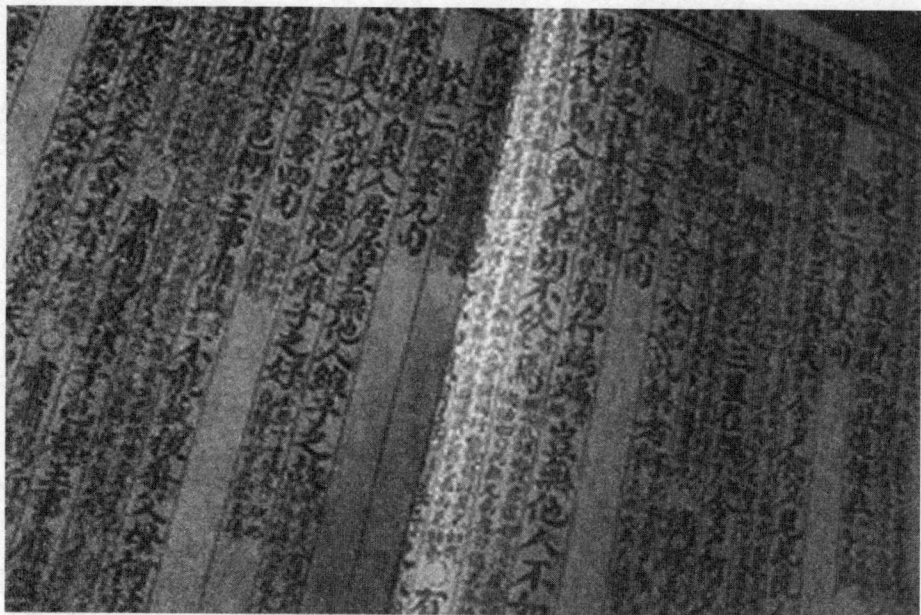

《子虚赋》

《子虚赋》和《上林赋》是司马相如汉大赋的代表作，这两篇作品奠定了司马相如在中国文学史上的地位。它们以游猎为题材，规模巨大、结构恢弘、气势磅礴、语汇华丽，真正体现出大汉帝国的开阔胸襟和恢弘气度。在赋的末尾，作者采用了让汉天子享乐之后反躬自省的方式，委婉地表达了作者惩奢劝俭的用意。司马相如的这两篇赋在汉赋发展史上有极重要的地位，它以华丽的词藻，夸张的手法、韵散结合的语言和设为问答的形式，大肆铺陈宫苑的壮丽和帝王生活的豪华，充分表现出汉大赋的典型特点，从而确定了一种铺张扬厉的大赋体制和所谓"劝百讽一”的传统。

（一）梁园文化

《子虚赋》能在文学上取得如此巨大的成就，与它的诞生地“梁园”浓厚的文化氛围是分不开的。

司马相如年轻时，凭借家中富有的资财而被授予郎官之职，侍奉汉景帝，做了武骑常侍，但这并非他的爱好。正赶上汉景帝不喜欢辞赋，这时梁孝王前来京城朝见景帝，跟他来的善于游说的人，有齐郡人邹阳、淮阴人枚乘、吴县人庄忌先生等。司马相如见到这些人就喜欢上了，因此就借生病为由辞掉官职，旅居梁国。司马相如在梁园中与这些善于游说的人一同居

司马相如故里 —— 四川蓬安荣膺

《子虚》《上林》铸辉煌

住，切磋文才。

梁园，又名梁苑、兔园、睢园、修竹园，俗名竹园，为西汉梁孝王刘武所营建的游赏廷宾之所。西汉初年，汉文帝封其子刘武于大梁，梁孝王在汴梁东南古吹台一带大兴土木，建造了规模宏大、富丽堂皇的梁园，又在园内建造了许多亭台楼阁以及百灵山、落猿岩、栖龙岫、雁池、鹤洲、凫渚等景观，种植了松柏、梧桐、青竹等奇木佳树。建成后的梁园周围三百多里，宫观相连，奇果佳树，错杂其间，珍禽异兽，出没其中，使这里成了景色秀丽的人间天堂。

梁孝王爱才，喜风雅，重金高位招揽天

梁孝王石像

司马相如与汉赋

梁孝王墓

下人才，不仅对早有才名者如此，对默默无闻的无名小卒，一旦听说有才志，也必定慷慨相助。一时间，"豪俊之士靡集"。许多人甚至辞去朝廷及其他诸侯国的官职到梁园"从梁王游"。这其中最有名气的，当数枚乘、邹阳、庄忌和司马相如等。刘武曾在园中设宴，司马相如、枚乘等都应召而至，成为竹荫蔽日的梁园宾客，并为之吟咏。后代的很多辞赋均提及了这一盛况，例如：

"梁园日暮乱飞鸦，极目萧条三两家。"唐·岑参《山房春事》

"歌扬郢路谁同听，声洒梁园客共闻。"唐·齐己《贺雪》

李商隐画像

"休问梁园旧宾客，茂陵秋雨病相如。"唐·李商隐《寄令狐郎中》

"月明刬水回舟夜，岁暮梁园作赋时。"南宋·裘万顷《大雪用前韵五首》

"沟壑皆平，乾坤如画，更吐冰轮洁。梁园燕客，夜明不怕灯灭。"南宋朱淑真《念奴娇二首·催雪》

正因为司马相如、枚乘等加盟梁园，才

李商隐像

形成了蔚为壮观的梁园作家群，也成就了梁园文化，使梁园辞赋开汉代大赋之先声，并为西汉文坛输送了大批人才。鲁迅先生在《汉文学史纲要》中称："天下文学之盛，当时盖未有如梁者也。"指的就是这一时期。这其中，梁孝王刘武起着举足轻重的作用，是一个身体力行的组织者和倡导者。"三百里梁园"则为这些文化人提供了理

《子虚》《上林》铸辉煌

想的驰墨骋怀的园地。

在梁园里，门客可以衣食无忧，但这对拥有远大抱负的司马相如来说并不是最好的栖身之地。所以他说："梁园虽好，非久恋之家也。"司马相如所期待的是更加广阔的驰骋空间。

（二）因赋得宠

汉武帝刚刚继位，招揽人才。偶读《子虚赋》，啧啧称奇，对赋的作者更是仰慕不已。正是因为这篇赋，司马相如的命运彻底改变了，他实现政治抱负的机会也来到了。

事情是这样的：蜀郡人杨得意担任狗监（是掌管皇帝猎犬的官员），侍奉汉武帝。一天，汉武帝读《子虚赋》，认为写得很好，遗憾地说："我偏偏不能与这个作者处于同时代呀。"杨得意说："我的同乡司马相如自称是他写了这篇赋。"武帝很惊喜，就召来相如询问。相如说："这篇赋是我写的。但是，这赋只写诸侯之事，不值得看。请让我写篇天子游猎赋，写成后就进献给皇上看。"武帝答应了，并命令尚书给他笔和木简。司马相如竭尽才智写了一篇《上林赋》，盛赞皇帝狩猎时的盛大场面，举凡山川雄奇、

汉武帝画像

花草繁秀、车马煊赫、随从壮盛，皆纷陈字里行间。好大喜功的汉武帝一见大喜，拜司马相如为郎官。

在汉代，郎官常常成为人们踏上仕途的起点。由于郎官经常随从在皇帝左右，容易取得皇帝的宠信，从而有机会获得较高的官职，或者在国家的重大政治活动中被授予一些特殊差遣。不少汉代著名的历史人物，无论是文官还是武官，最初都是以做郎官开始进入官场的。司马相如在景帝时做过郎官，但他觉得不适合自己就辞官了。现在因为武帝欣赏他的辞赋，又把他召到朝廷来做郎官。他经常在武帝身边，

武帝遂拜司马相如

《子虚》《上林》铸辉煌

作赋夸耀武帝的功绩，很得武帝赏识。几年以后，汉武帝任命他为中郎将，派他出使西南夷（指汉代分布在今甘肃南部、四川西南部以及云南、贵州一带的少数民族的总称）。他为汉朝在那里设置郡县，巩固统治作出了贡献。

《子虚赋》和《上林赋》这两篇作品不是同时做的。《子虚赋》作于相如为梁孝王宾客时，《上林赋》作于武帝召见之际，前后相隔十年。但两赋内容连属，构思一贯，结体谨严，真可称为一篇完整作品的上下章。作品中虚构了子虚、乌有先生、亡是公三人，并通过他们讲述齐、楚和天子畋猎的状况以

梁园

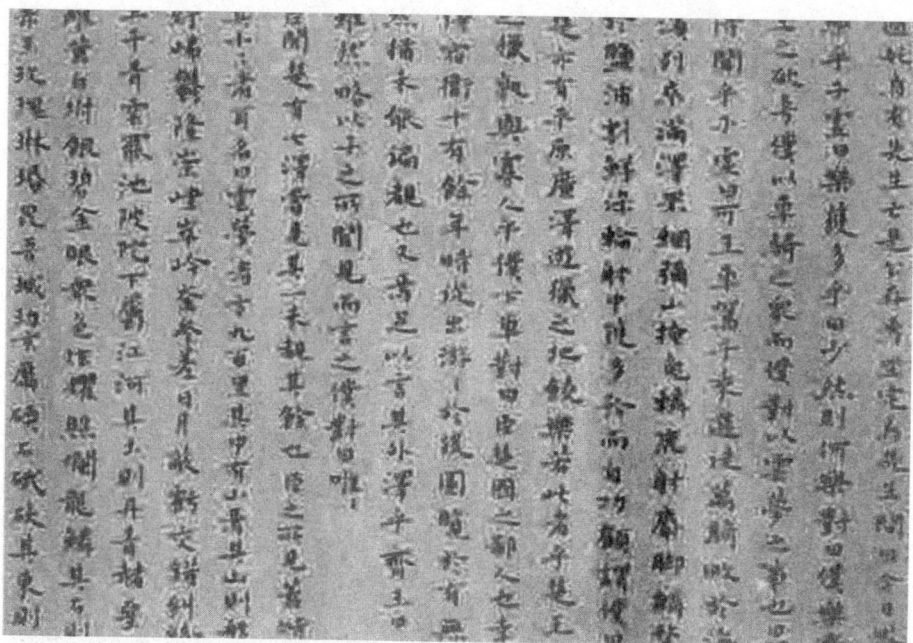

《子虚赋》

及他们对此事的态度，结成作品的基本骨架。

　　《子虚赋》写楚国大臣子虚出使齐国，齐王盛待子虚，车马都准备好以后，与使者一起出猎。打猎完毕之后，子虚访问乌有先生，刚好亡是公也在那里。子虚看到了齐王畋猎的盛况之后在齐王面前夸耀楚王游猎云梦的盛况更加空前。在子虚看来，齐王对他的盛情接待中流露出大国君主的自豪、自炫，这无异于表明其他诸侯国都不如自己。他作为楚国使臣，感到这是对自己国家和君主的轻慢。使臣的首要任务是不辱君命，于是，他以维护国家和君主尊严的态度讲述了楚国的辽阔和云梦游猎的盛大规模。赋的后半部

司马相如故居

分是乌有先生对子虚的批评。他指出，子虚"不称赞楚王的厚德,光说云梦打猎的盛况,分明是显示奢侈糜烂的安逸生活"，这种作法是错误的。在他看来，地域的辽远、物产的繁富和对于物质享乐的追求，同君主的道德修养无法相比，是不值得称道的。从他对子虚的批评中可以看出，他把使臣的责任定位在传播自己国家的强盛和君主的道德、声誉上。而子虚在齐王面前的所作所为，恰恰是诸侯之间的比强斗富，是已经过时的思想观念。因此他说，"必若所言，固非楚国之美也"。作品通过乌有先生对子虚的批评，表现出作者对诸侯及其使臣竞相侈靡、不崇德义的思想、行为的否定。

《上林赋》紧承上篇乌有先生的言论展开，写出亡是公对子虚、乌有乃至齐、楚诸侯的批评，并通过渲染上林苑游猎之盛及天子对奢侈生活的反省，艺术地展现了汉代盛世景象，表明作者对游猎活动的态度、对人民的关心。在《上林赋》中，亡是公以"楚则失矣，而齐亦未为得"一语起势，将全篇的意蕴提到一个新的高度。在作者看来，子虚自炫物资繁富、奢侈逾度的思想最为浅陋；乌有先生重精神、尚

司马相如故居一景

《子虚》《上林》铸辉煌

上林苑美景

道义，从较高的基点上对它进行了否定。然而，乌有先生谈话的思想基点，乃是诸侯国中较有见识的贤臣思想，他明确地指出："不务明君臣之义、正诸侯之礼，徒事争于游戏之乐、苑囿之大，欲以奢侈相胜，荒淫相越，此不可以扬名发誉，而适足以贬君自损也。"针对子虚、乌有共同的失误给予总体批评，然后笔锋一转，以上林的巨丽之美否定了齐、楚的辽远盛大，使诸侯国相形见绌。作者极写上林苑囿的广阔，天子畋猎声势的浩大，离宫别馆声色的淫乐。描写上林苑的文学占据了作品的绝大部分篇幅，它以浓墨重彩，生动地描绘出庞大帝国统治中心前所未有的富庶、繁荣，气势充溢，信心十足；通过畋猎这一侧面，写出汉帝国中央王朝在享乐生活方面也独具坚实丰厚的物质基础。

在作者的笔下，居于这个庞大帝国统治中心的天子是个既懂得享乐奢侈、又勤政爱民、为国家计之久远的英明君主。他在酒足乐酣之时，茫然而思，似若有失，曰："嗟乎，此太奢侈！"尽管如此，这位英主认为自己是以勤于政事的闲暇率众出猎，奢侈而不废政务。他担心后嗣陷于"靡丽"歧途，他不想对后世产生误导，遂发布了一个同以往设立上林苑迥然不同的命令："地可垦辟，悉为农郊，以赡萌隶；

司马相如提字石刻

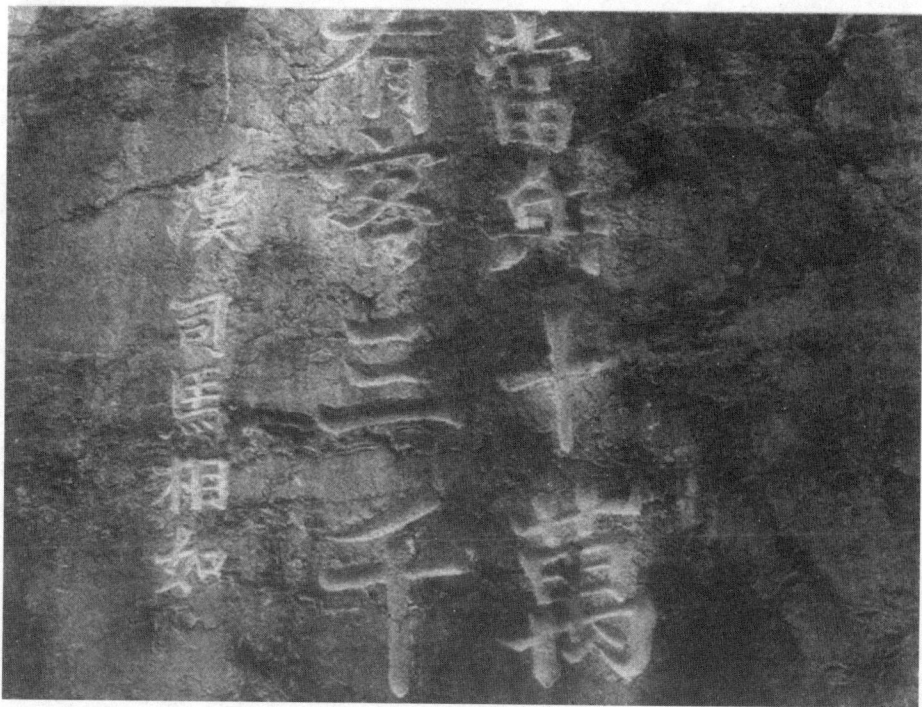

梁园一景

颓墙填堑，使山泽之人得至焉；实陂池而勿禁，虚宫馆而勿仞。发仓廪以救贫穷，补不足，恤鳏寡，存孤独。出德号，省刑罚，改制度，易服色，革正朔，与天下为更始。"这个命令否定上林的巨丽之美，而代之以天下之治。他采取了一系列措施，尚德崇义，按照儒家理想和经典以治天下。作品描绘出一幅天下大治的盛世景象："于斯之时，天下大说，向风而听，随流而化。卉然兴道而迁义，刑错而不用。德隆于三皇，而功羡于五帝。"此处所展现的景象同前面所描绘的上林巨丽之美有着本质的差别。这里不渲染地域的辽阔、物质的饶富、气势的充溢，而是突出了

道德的、政治的潜在力量和功效。

在《上林赋》中，作品的宗旨得到进一步升华。亡是公所描绘的盛世景象成为"猎乃可喜"的前提条件。他不再称赞乌有先生所力主的对道义的追求，而是从天子对后世子孙的垂范作用，从天子对人民、对社稷所负使命的角度，看待畋猎之事。他要以自己构想出的盛世蓝图及对畋猎的态度诱导君主，以达到讽谏的目的。

《子虚赋》和《上林赋》从主观上讲，不能否认它是"受命于帝王"，有其一定局限性。但是，在客观上确实可使后人从中了解与认识汉帝国大一统的历史风貌，

了解祖国壮丽的山河、高超的建筑和精湛的艺术。同时，在这些铺叙与描写中一定程度上也蕴含着作者的情感。汉大赋确实有其致命弱点，如堆积文字，词句艰深。但是，汉赋善于铺陈夸张，想像丰富，对客观事物作具体形象的描绘，有很强的感染性。另外，这两篇赋用词贴切，讲究语言的音调、节奏，一定程度上颇具音乐美，这些都是这两篇赋的艺术贡献。可以说，这些成就在一定程度上，推动了文学创作的发展，对文学自学创作时代的到来，起到了一定的推动作用。

（三）劝百讽一

汉代大赋的兴盛，一方面是汉代帝国文化、经济、政治发展的结果，特别是帝王的爱好与提倡；另一方面也是借鉴前代遗产，逐渐发展成熟起来的。概括地说，《子虚赋》和《上林赋》主要特征是：内容上歌功颂德，极写帝王贵族的声色犬马、游宴田猎之乐，山林宫殿京都之丽。表现出汉帝国的雄伟气魄，同时也给读者外在美的观赏。在赋的形式与规模上，建立了一种主客问答的形式。在表现手法上，采用描写铺叙形式，铺陈排比、文辞瑰丽、散韵相间、句式不拘，以四

班固像

言六言为主。篇末往往加上一个"讽谏"的结尾，即所谓"劝百讽一"。

"劝百讽一"一词我们并不陌生，这是班固对扬雄批评汉赋失去讽谏作用的文学观点的概括。语出《汉书司马相如传赞》："相如虽多虚词滥说，然要其指归，引之节俭，此与诗之讽谏何异？扬雄以为靡丽之赋，劝百讽一，犹骋郑卫之声，曲终奏雅，不已戏乎！"这是班固对司马相如的赋有无讽谏意义的看法。班固先引出司马迁对司马相如赋有"引之节俭"的讽谏作出评价，然后对扬雄批评司马相如无讽谏作用的看法提出了不同意见。

汉代龙图腾

《子虚》《上林》铸辉煌

扬雄批评司马相如的赋，内容上铺陈事物，形式上讲究辞藻之靡丽，说司马相如的赋是"丽以淫"的辞人之赋，只能对帝王歌功颂德，而无益教化。班固不赞成扬雄对汉赋的这种评价。他认为司马相如赋虽有"虚词滥说"的缺点，但也有"引之节俭"的讽喻意义。他在《两都赋序》中对赋的作用任职较高的评价："或以抒下情而通讽喻，或以宣上德而尽忠孝，雍容揄扬，著于后嗣，抑亦雅颂之亚也。"意思说赋既可以讽谏，又可以显示君王的道德修养，仅次于《诗经》中的雅和颂，这显然有些过分了。

班固把扬雄批评汉赋缺少讽喻作用的观

班固墓

司马相如与汉赋

点用"劝百讽一"来概括，是较为准确的，而且，学术界也多认为符合汉赋的实际。有人认为，从当时的政治经济社会发展的历史事实来看，汉赋的"劝百讽一"也有其一定的积极意义，不能全盘否定。

司马相如确定了铺张扬厉的大赋体制和所谓"劝百讽一"的传统，《子虚赋》和《上林赋》也成就了司马相如。两千多年来，他在文学史上一直享有崇高的声望，对后世产生了深远的影响。两汉作家，绝大多数对他十分佩服，其中最有代表性的是伟大的历史学家司马迁。司马迁的生年

司马迁塑像

比司马相如晚三十四年，当他于公元前 108 年担任太史令时，距司马相如去世仅仅相隔九年。对于这位前辈作家，他表现出极大的尊重。在整个《史记》中，专为文学家立的传只有两篇：一篇是《屈原贾生列传》，另一篇就是《司马相如列传》，仅此即可看出相如在太史公心目中的重要地位。我们还可再比较一下：在《贾生列传》中，司马迁主要是把贾谊当做和屈原一样关心国事而不遇其君的进步作家来尊敬和同情的，而对贾谊的文学作品，只收录了《吊屈原赋》和《鵩鸟赋》，著名的《过秦论》则附于《秦始皇本纪》之后。而在《司马相如列传》中，司马迁全文收录了他的三篇赋、四篇散文，以致《司马相如列传》的篇幅大约相当于《贾生列传》的六倍。这就表明，司马迁认为司马相如的文学成就是超过贾谊的。以后的历代文学家，或者将司马相如与司马迁相提并论，遂有"文章西汉两司马"之说；或者将相如与枚乘并称"枚马"，与扬雄并称"扬马"，屡屡加以推崇。南朝梁著名作家沈约说："周室既衰，风流弥著。屈平、宋玉导清源于前，贾谊、相如振芳尘于后，英辞润金石，高义薄云天。"唐代伟大诗人李白写道："扬马激颓波，开流荡无垠。"他还以司马相如自比，自称"十五观奇书，作赋凌相如"。杰出的边塞诗人岑参这样称颂司马相如："名共东

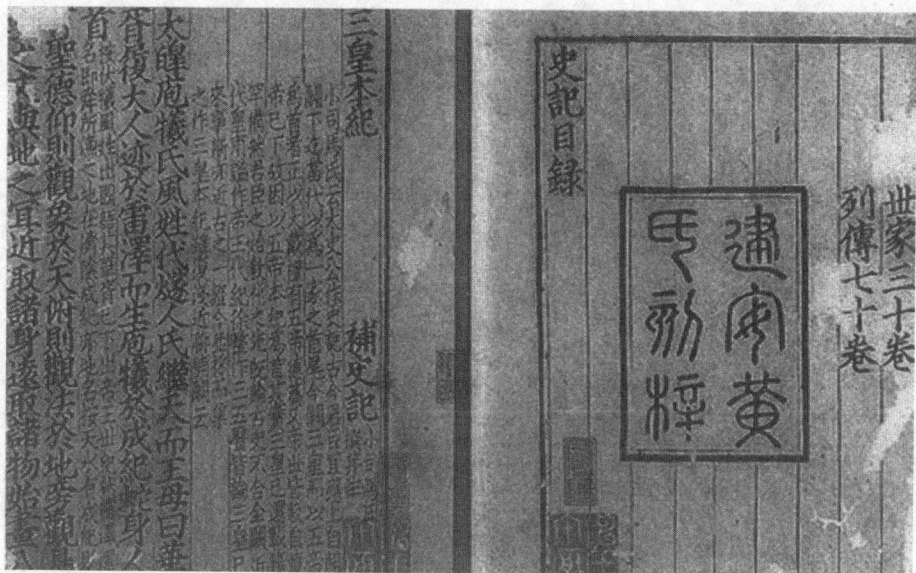

司马迁《史记》撰刻本

《子虚》《上林》铸辉煌

扬雄墓

流水，滔滔无尽期。"唐代古文运动的领袖韩愈在阐述其著名的"不平则鸣"说时，认为"汉之时，司马迁、相如、扬雄，最其善鸣者也。"明代著名作家张溥说："《子虚》、《上林》非徒极博，实发于天材。扬子云锐精揣炼，仅能合辙，犹《汉书》于《史记》也。"清代桐城派大家姚鼐指出："昌黎（韩愈）诗文中效相如处极多，如南海碑中叙景瑰丽处，即效相如赋体也。"类似评价，不胜枚举。从现代人角度来看，还是鲁迅先生对司马相如的评价最精炼，最权威："不师故辙，自摅妙才，广博宏丽，卓绝汉代。"

三 千古一曲《凤求凰》

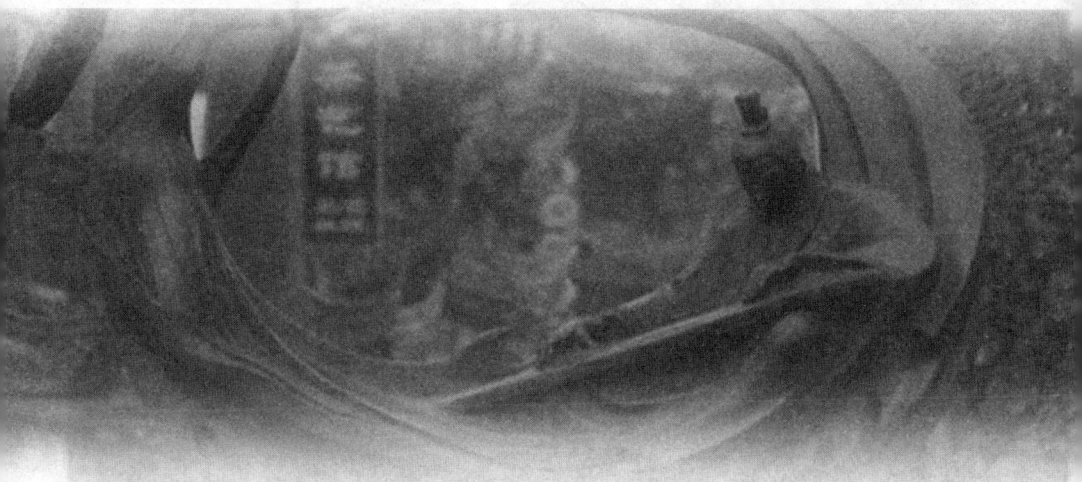

司马相如在文学上取得的成就使得他两千多年来在文学史上一直享有崇高的声望，然而他给人们留下更深印象的却是他的传奇爱情故事。在人们心目中，司马相如是一个俊雅倜傥的风流才子，他仪表堂堂、风度潇洒、多才多艺。他琴挑卓文君，赢得这位美女芳心的故事，更是传为千古美谈。

（一）琴挑卓文君

司马相如先前在梁园做梁王的门客，在那里留下了大名鼎鼎的《子虚赋》。后来梁王去世了，他回到了老家。司马相如可谓一无所有，家徒四壁，实在是无法维持生计了。他有一个好友王吉在临邛当县令，为了生存

用来描写司马相如与卓文君爱情故事的雕塑

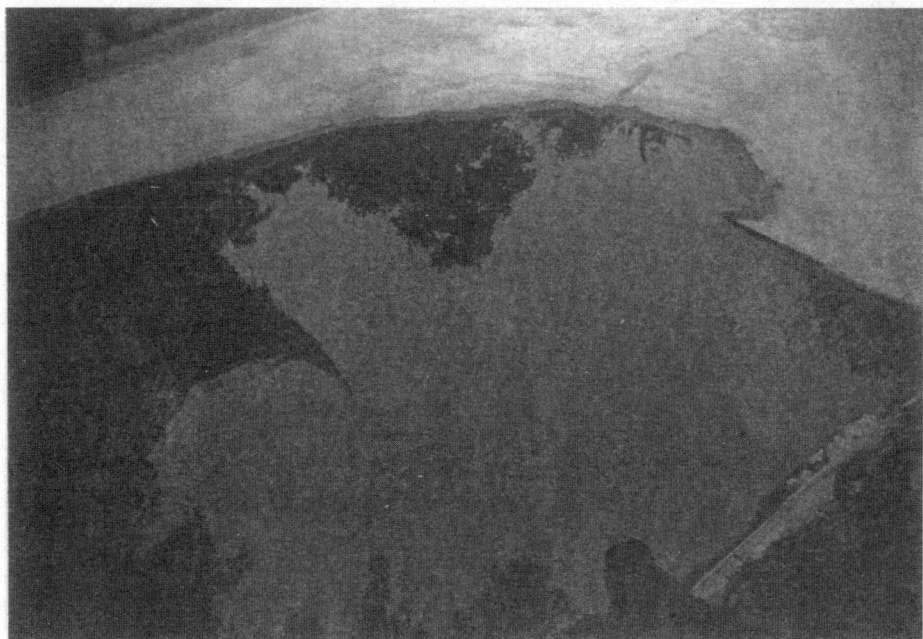

他投奔了当县令的好友。王吉非常敬重司马相如，一有空就去看他。司马相如向王吉谈了近几年的行踪，王吉知道了相如尚未成家，便向他说起，临邛首富卓王孙有个女儿卓文君，生得聪明无比，美貌无双，如今在娘家守寡，与相如可谓是天生的一对。司马相如听了，不好意思地摇了摇头。王吉却不以为然，他认为事在人为。

当地富豪卓王孙看王县令与司马相如的交情很不一般，便在家大摆宴席，招待县令的贵客，并邀请县令作陪。宴会开始，卓王孙带领众宾客向司马相如敬酒，少不了说了许多奉承话。正在大家喝得高兴的

千古一曲《凤求凰》

绿绮凉亭

时候，王吉向大家介绍说："相如先生是当今第一名流，不仅文章写得好，而且奏也弹得很好。今天有佳宾美酒，何不请相如先生弹奏一曲呢？"众人听了，齐声叫好。司马相如应邀弹了琴，博得了满堂的掌声。

司马相如弹的琴可不一般，叫做"绿绮"，是传说中最优秀的琴之一。司马相如在梁园做门客的时候，曾献给梁王一篇《如玉赋》。此赋词藻瑰丽，气韵非凡。梁王极为高兴，就以自己收藏的"绿绮"琴回赠。"绿绮"是一张传世名琴，琴内有铭文曰："桐梓合精"。相如得"绿绮"，如获珍宝。他精湛的琴艺配上"绿绮"绝妙的音色，使"绿绮"

琴名噪一时。

司马相如后来偷看到竹帘后面有一个影影绰绰穿白衣服的女子在听琴，知道是卓文君，就施展自己高超的琴技，弹起了一曲《凤求凰》，通过琴声，向卓文君表达了自己求爱的心情。《凤求凰》的内容是这样的：

凤兮凤兮归故乡，遨游四海求其凰。时未遇兮无所将，何悟今兮升斯堂！有艳淑女在闺房，室迩人遐毒我肠。何缘交颈为鸳鸯，胡颉颃兮共翱翔！皇兮皇兮从我栖，得托孳尾永为妃。交情通意心和谐，中夜相从知者谁？双翼俱起翻高飞，无感我思使余悲。

文君井

这首曲子表达了司马相如对卓文君的无限倾慕和热烈追求。相如在当时文坛上已负盛名所以自喻为凤，文君亦才貌超绝非等闲女流所以被比为皇（凰）。古人常以"凤凰于飞"、"鸾凤和鸣"喻夫妻和谐美好。凤求凰表示出相如在苦苦追求文君，而"遨游四海"，则意味着佳偶之难得。后面更为大胆炽烈，暗约文君半夜幽会，并一起私奔。"孳尾"，指鸟兽雌雄交媾，这里是以语言挑逗卓文君做自己的妻子。曲子最后表明他想和文君远走高飞，并叮咛对方千万不要使自己失望，不然会因为相思而悲伤的。

原来，卓文君听说司马相如来做客，早就想见识一下这位大才子。她本来就喜爱音乐，听到琴声，就偷偷地躲在帘子后面看。卓文君深懂琴理，听出了琴声中的意思。她早就仰慕司马相如的文才，再加上被对方如此热烈的追求，心中泛起一阵阵的波澜。此时的卓文君已经被司马相如深深吸引，一见钟情。

司马相如回去以后，就用钱买通了卓文君的侍女，通过她送给卓文君一封求爱信。卓文君接到求爱信激动不已，但她知道父亲不会同意这门亲事。便在一天晚上，偷偷地

司马相如和卓文君

跑出来，投奔了司马相如。两人连夜乘车
回到司马相如的家乡成都。

（二）文君当垆

　　卓文君不顾一切地与司马相如回到了
老家。卓王孙听说自己的女儿与司马相如
私奔，而且，两个人已经离开临邛回成都
了，简直是气急败坏。不过，作为临邛县
首富，（卓家是冶铁世家，对冶炼技术有
专长，以廉价食物招募贫民开采铁矿，冶
铁生铁，冶铸铁工具，供应当地民众和附
近地区的少数民族生产生活之用，还远销
云南等地。到汉代文景之治，卓家传到卓
王孙这一代，由于社会安定，经营得法，
已成巨富，拥有良田千顷；华堂绮院，高

传说中司马相如和卓文君当年结庐卖酒之处

车驷马；至于金银珠宝，古董珍玩，更是不可胜数。）卓王孙自有杀手锏：经济制裁，一个子儿不给！

卓文君同司马相如来到成都，开始时，倒安于清贫生活，司马相如豪情不减地典衣沽酒，过着有今天，没明天的逍遥生活；卓文君也脱钏换粮，根本不把今后的生计放在心上。过了几个月，两个年轻人感受到生活的艰辛与窘迫，卓王孙的经济制裁立竿见影。卓文君自幼长于豪门，富日子过惯了，哪里受得了穷？她说："假如你愿意和我一块儿回临邛，就是向我的兄弟们借点钱，也足以维持生活，何苦在这儿受穷呢？"

最后，司马相如同意了爱妻的意见，一起又回到了临邛。他们身无分文，于是变卖了车马，在临邛买了一处房子，开了个酒店，卓文君亲自当垆卖酒。淡妆素抹的卓文君，站在置放酒瓮的土台上卖酒，不卑不亢，神态自如。而为了爱情永驻，司马相如亦不抚琴。他与酒店的伙计一样身着短脚裤，提壶洗碗干杂活，谈笑风生。如此这般，虽然生活清苦了点，但两人却是幸福美满，丝毫不为世俗所累！

　　卓文君回临邛开酒馆，并亲自"当垆"卖酒；司马相如和佣人一样打杂，这实在让卓王孙丢人现眼，卓王孙因此大门不出，

古琴台石刻

千古一曲《凤求凰》

二门不迈。原因有三个：一，自己引狼入室。司马相如拐走女儿，是因为自己请司马相如到家中赴宴，而此事又是王县令做的婚托儿，总不能和县长翻脸吧？卓王孙有苦难言；二，自己的女儿放着千金大小姐不做，竟然不知廉耻，与司马相如私奔，让卓王孙脸面尽失，三，女儿和司马相如的酒店如果开在成都，眼不见心不烦；可他们竟然把酒店开到临邛，生意做到家门口，尽人皆知，这真叫"丢人丢到家"！

卓王孙又羞又恼，却无处发泄。文君的兄弟和长辈纷纷从中斡旋：卓王孙啊，你只有一个儿子两个女儿，家中又不缺钱；文君已为人妻，生米已成熟饭，司马相如也算个人才，文君完全可以托付终身。卓王孙万般无奈，只好花钱消灾，分给文君一百名僮仆，一百万钱，另有一大笔嫁妆。司马相如和卓文君立即关闭酒店，回到成都，买田买地，富甲一方，从此这对小夫妻又过上了整天饮酒作赋，鼓琴弹筝的悠闲生活。

（三）数字诗

汉武帝刚刚继位，四处招揽贤才。一天，汉武帝读到司马相如的《子虚赋》，被赋中

"凤求凰"石刻

司马相如与汉赋

华美的文辞与磅礴的气势所吸引，不由拍
手叫好。他一口气读完《子虚赋》，以为
作者是前朝人，便连声叹息说："写这篇
赋的人，真是个才子，可惜我没有和这个
人生活在同一个时代！"这时，在汉武帝
身边服侍的狗监杨得意说："陛下，写这
篇赋的人小臣知道，他是小臣的同乡司马
相如，现在闲居成都。""太好了！这么
一个有才华的人，竟没有人对我说过。"
汉武帝有点惋惜地说，于是，他马上派人
召司马相如来京。且说司马相如被召到朝
廷，汉武帝接见了他，问他道："《子虚赋》
是你写的吗？"司马相如非常自负地回答
说："是的，陛下，《子虚赋》正是臣写的。
不过，那是写诸侯的事，并没有什么了不
起。若准臣陪陛下游猎，臣可写出天子游
猎赋献给陛下。"汉武帝听了非常高兴。
为司马相如安排了豪华的住处，给以优厚
的待遇。第二天就带了司马相如等人去上
林游猎。没过几天，司马相如就挥洒大笔，
写出了一篇《上林赋》，呈献给汉武帝。
汉武帝读了《上林赋》，感到十分满意，
心中高兴，就封了司马相如一个郎官。司
马相如成为汉武帝的文学侍臣后，很受汉

描写司马相如和卓文君爱
情故事的浮雕

千古一曲《凤求凰》

琴台石刻碑

武帝的赏识。过了几年，汉武帝派司马相如作为特使前往西蜀，安抚西部的少数民族。司马相如到了西蜀后，很多官员都来到郊外迎接他，县令更是背着弓箭为他开道，临邛的富户也争先恐后地请他吃饭来讨好他。当时，势利的卓王孙因为女儿和司马相如私奔而大怒，发誓绝不给女儿文君一个钱，现在却后悔自己没有早把女儿嫁给司马相如！

后来司马相如在长安被封为中郎将，他觉得自己身份不凡，开始有了纳妾的念头。一天，他派人送给卓文君一封信，信上写着："一二三四五六七八九十百千万"十三个大字，并要卓文君立刻回信。卓文君一看信，上面有这么多数字，偏偏无亿，意思就是"无意"，冰雪聪明的文君明白了，司马相如已

经喜新厌旧了，想要纳妾。卓文君知道丈夫有意为难自己，十分伤心。想到自己不顾父亲的反对，竟连夜跟司马相如私奔。他们结合后，自己不嫌弃司马相如的贫寒，以千金之躯当炉卖酒，维持生计。可现在，司马相如官拜中郎将，想另娶名门千金了。文君深知丈夫爱情到头，恩断情绝的遗弃之意。下书人又在旁边急催着"大人吩咐，立等下文"，于是不假思索，挥毫疾书：

一别之后，二地相思，只说是三四月，又谁知五六年，七弦琴无心弹，八行书无可传，九连环从中折断，十里长亭望眼欲穿，百思想，

桃花流水匆匆过

千系念，万般无奈把君怨。

万语千言说不完，百无聊赖十依栏，重九登高看孤雁，八月中秋月圆人不圆，七月半烧香秉烛问苍天，六月伏天人人摇扇我心寒。五月石榴如火偏遇阵阵冷雨浇花端，四月枇杷未黄我欲对镜心意乱。

忽匆匆，三月桃花随水转。飘零零，二月风筝线儿断，唉！郎呀郎，巴不得下世你为女来我为男。

司马相如收信后心中惊叹不已。夫人的才思敏捷和对自己的一往情深，都使他受到很大的震撼，于是很快地打消了纳妾的念头。

（四）白头吟

司马相如想要纳妾的故事还有其他的版本。相传司马相如在做官后，有过想抛弃卓文君的念头，并给卓文君写了一页无字信，卓文君接信之后明白了司马相如的意思，当即回了一首诗，即《白头吟》：

皑如山上雪，皎若云间月。闻君有两意，故来相决绝。今日斗酒会，明旦沟水头。躞蹀御沟止，沟水东西流。凄凄复凄凄，嫁娶不须啼。愿得一心人，白头不相离。竹竿何袅袅，鱼尾何徙徙。男儿重意气，何用钱刀为。

意思是说爱情应该像山上的雪一般纯洁，像云间月亮一样光明。听说你怀有二心，所以来与你决裂。今日犹如最后的聚会，明日便将分手沟头。我缓缓地移动脚步沿沟走去，只觉你我宛如沟水永远各奔东西。当初我毅然离家随君远去，就不像一般女孩儿凄凄啼哭。满以为嫁了个情意专一的称心郎，就可以相爱到老永远幸福了。男女情投意合就该像钓竿那样轻细柔长，鱼儿那样活泼可爱。男子汉应当以情意为重，失去了真诚的爱情是任何钱财珍宝所无法补偿的。

卓文君还在《白头吟》后附书：

卓文君画像

千古一曲《凤求凰》

063

春华竞芳，五色凌素，琴尚在御，而新声代故！锦水有鸳，汉宫有木，彼物而新，嗟世之人兮，瞀于淫而不悟！”随后再补写两行：“朱弦断，明镜缺，朝露晞，芳时歇，白头吟，伤离别，努力加餐勿念妾，锦水汤汤，与君长诀！

意思是说春天百花盛开，争奇斗艳，绚烂的色彩掩盖了素洁的颜色。琴声依旧在奏响，但已经不是原来的人在弹奏了。锦江中有相伴游泳的鸳鸯，汉宫中有交援伸展的枝条，它们都不曾离弃伴侣。慨叹世上的人，却迷惑于美色，喜新厌旧。朱弦断，知音绝。

卓文君在《白头吟》中表达了自己的爱情观：爱情应像云间明月一样光明

司马相如与汉赋

064

明镜缺，夫妻分。朝露晞，缘分尽。芳时歇，人分离。白头吟，伤离别。希望您吃得好好的不要挂念我。对着浩浩荡荡的锦水发誓，从今以后和你永远诀别。

卓文君哀怨的《白头吟》和凄伤的《诀别书》，使司马相如大为感动，想起往昔恩爱，打消了纳妾的念头，并给文君回信："诵之嘉吟，而回予故步。当不令负丹青感白头也。"此后不久相如回归故里，两人安居林泉。

这首卓文君写《白头吟》使夫回心转意的故事遂传为千古佳话。

为纪念司马相如和卓文君，后人修建

卓文君抚琴哀怨低吟，令司马相如十分感动

千古一曲《凤求凰》

琴台路雕塑

了许多纪念性建筑，既是缅怀他们，也是在缅怀这段流传千年的爱情传奇。

（五）琴台路

琴台路是专门为纪念西汉时期的传奇人物、爱情化身的卓文君与司马相如而命名的，当时他们就在琴台路上开了一家酒铺，卓文君亲自当垆卖酒。生活虽然清苦了点，但两人却是幸福美满，丝毫不为世俗所累！

琴台路以汉唐仿古建筑群为依托，以司马相如和卓文君的爱情故事为主线，展示汉代礼仪、舞乐、宴饮等风土人情。它处在成都市古建筑比较密集、文化气息比较浓厚的地段，周围有杜甫草堂、青羊宫、百花潭、文化宫等古文化遗址及公园。周边建筑即使是现代商业建筑业多以坡屋顶造型、素色着色。琴台路既很好的融入这样一片祥和的古文化氛围中，又充分体现了自身的特点。这里最富特色的是全长九百二十余米、横贯整条街道的汉画像砖带，这条砖带荟萃了中国目前面世的绝大部分汉画像内容，游人随砖带前行，宴饮、歌舞、弋射、车马出巡等两千多年前汉代人的社会现实图景和理想天堂便复活在游人的视线中。这条砖带由十六万

为纪念卓文君与司马相如而命名的琴台路

千古一曲《凤求凰》

块天然青石砖铺筑而成，仿真程度之高，令人叫绝。

（六）文君井

文君井在邛崃市内里仁街。相传为司马相如与卓文君开设"临邛酒肆"时的遗物。西汉司马相如与邛崃富商卓王孙之女文君相爱，文君夜奔相如，结为夫妇。婚后设酒店于临邛市上，"文君当垆，相如涤器"，后世传为佳话。据传，此井即相如、文君当年汲水之所，后人遂题名"文君井"。唐诗人杜甫流寓成都时作《琴台》，诗有"酒肆人间世，琴台日暮云"句，就是凭吊遗迹之作。文君井为不规则的矮罐形土窖井，周置石栏，

文君井

井口和井面均为石质。现有庭园十余亩，园内有当垆亭、水香榭、听雨亭、梳妆台等建筑，均为清末至民初所建。井旁不远处有琴台，台前有月池、假山，园林别具一格。"井上疏风竹有韵，台前月古琴无弦"这副悬于琴台的对联，写出了文君井园内的景色。

文君井有一副很有名的对联，赞扬卓文君和司马相如的爱情故事：

君不见豪富王孙，货殖传中添得几行香史；停车弄故迹，问何处美人芳草，空留断井斜阳；天崖知己本难逢；最堪怜，绿绮传情，白头兴怨。

司马相如故居一景

文君井当垆

我亦是倦游司马，临邛道上惹来多少闲愁；
把酒倚栏杆，叹当年名士风流，消尽茂林秋雨；
从古文章憎命达；再休说长门卖赋，封禅遗书。

司马相如与汉赋

四 一赋千金美名扬

汉景帝像

司马相如可谓是两千年来稿酬最高的作家了，他的一篇《长门赋》价值千金。此赋深婉感人，令汉武帝回心转意，重新宠幸别在长门宫的陈皇后。

陈皇后，小名阿娇。汉武帝刘彻为太子时，她为太子妃，汉武帝登基后，封为皇后。相信大家都对"金屋藏娇"这个词不陌生，其实这是发生在汉武帝和陈皇后之间的一段典故。

（一）金屋藏娇

陈皇后的小名叫"阿娇"，她的父亲是堂邑侯陈午，堂邑侯府是汉朝开国功勋贵族之家；母亲是汉景帝唯一的同母姐姐馆陶长公主刘嫖，是当时朝廷中举足轻重的人物。陈阿娇自幼就深得其外祖母——窦太后的宠爱。

汉景帝的嫔妃王美人王娡有子刘彘（后改名刘彻），排行第十。景帝有十四个儿子，其中宠妃栗姬生子最多且生育了皇长子——刘荣。景帝的薄皇后没有生育，所以汉景帝立庶出长子刘荣为太子。

馆陶长公主打算将女儿陈阿娇许配给太子刘荣，为了日后能成为皇后。她派人去问栗姬是什么想法，谁知栗姬因为长公主经常向景帝进荐美女而对长公主十分不满，竟然断然拒绝了。馆陶长公主十分生气，于是有了废掉太子的想法。

一日，馆陶长公主抱着刘彻问："彻儿长大了要讨媳妇吗？"胶东王刘彻说："要啊。"长公主于是指着左右宫女、侍女一百多人问刘彻想要哪个，刘彻都说不要。最后长公主指着自己的女儿陈阿娇问："那阿娇好不好呢？"刘彻于是就笑着回答说："好啊！如果能娶阿娇做妻子，我会造一个金屋子给她住。"

长公主刘嫖见阿娇和刘彻年纪相当，从小相处和睦、感情融洽，就同意给陈阿娇和刘彻这对姑表姐弟亲上加亲，订立婚约。两人成年后举行大婚，结发成夫妻。

汉武帝像

一赋千金美名扬

金屋藏娇是一个传诵千年的婚姻传奇，是一个男子对自己的原配正妻许下的结发誓言和婚姻承诺。

金屋藏娇婚约是当时汉朝政治的一个转折点。因为女儿的订婚，刘嫖转而全面支持刘彻，朝廷局势为之大变。经过长公主一番努力，景帝废掉太子刘荣让他做临江王，把栗姬打入冷宫。不久，景帝正式册封王娡为皇后，立刘彻为太子。

这里要指出：中国的继承传统一直是立嫡立长。就是说：正妻有儿子的，立正妻的儿子；正妻没有儿子的，在所有庶出的儿子中立最年长的那个。刘彻是嫔妃生的十皇子，既不是嫡、又不是长；他是凭借着妻子娘家的势力才得以青云直上，从而夺取太子之位

汉武帝茂陵雕塑

司马相如与汉赋

直到登基称帝。

汉景帝去世后，刘彻即皇帝位，立原配嫡妻陈氏为皇后。

在汉武帝执政初期，由于政见上和祖母窦太皇太后有分歧，好几次差点失位。武帝当时没有力量和窦氏较量，窦太皇太后逼迫武帝废除了刚刚实行的一系列的改革措施，汉武帝任命的丞相和太尉也被迫罢免，甚至有的大臣被逼死狱中。

刘彻的母亲王太后就经常警告他：你刚刚登基，有很多大臣还不服你。之前你做的那些改革，已经触怒了太皇太后。现在又得罪了长公主，恐怕要获大罪了，

一赋千金美名扬

汉武帝刘彻像

千万要小心谨慎呀。于是汉武帝转而采取韬光养晦政策，从建元二年至建元六年间，他四处游浪射猎，不问大政方针。有赖于皇后陈阿娇作为唯一的外孙女，极受窦太皇太后宠爱，再加上陈家以及馆陶长公主的全力支持，才使汉武帝有惊无险保住帝位。

直到此时，"金屋藏娇"就像当年人们预想的那样，是一个令人津津乐道、羡慕不已的婚姻传奇——年轻的皇帝夫妻琴瑟和谐、患难与共。

（二）别在长门宫

祖母窦太皇太后去世后，汉武帝亲政，终于得以大权独揽，彻底走出了危机。可叹的是，苦尽后却未有甘来，能同患难的夫妻却不能共富贵。陈皇后出身显贵，自幼荣宠至极，不肯逢迎屈就；与汉武帝渐渐产生裂痕。再加上岁月流逝，还没有生下一儿半女；武帝开始喜新厌旧，疏远了陈皇后。

一次武帝前往造访平阳公主家中时，看上了美貌的歌女卫子夫，就在更衣间临幸了她，并接到宫中去，宠爱有加。陈皇后为此极为愤怒，甚至杀了不少人。而馆陶公主则逮捕了卫子夫的弟弟卫青，企图杀害他，最

汉武帝茂陵一景

后卫青的朋友公孙敖前来救他，使他免于一死。武帝得知这事之後，不但封卫青官位，赏赐万金，之后甚至封出身卑微的卫子夫为仅低于皇后等级的夫人。

后来，汉朝宫廷里发生一件真相莫测的"巫蛊"案，矛头直指被汉武帝冷落已久的陈皇后。"巫蛊"是古代信仰民俗；巫鬼之术或巫诅之术是用以加害仇敌的巫术。巫蛊起源于远古，包括诅咒、射偶人和毒蛊等。当时人认为使巫师祠祭或以桐木偶人埋于地下，诅咒所怨者，被诅咒者即有灾难。由于古人迷信，对巫蛊的威力深信不疑。"巫蛊"自古是宫廷大忌；又因为操作简便，说不清道不明，被怀疑者根本无法自辩，一直是栽赃陷害对手的绝好伎俩。

刘彻二十七岁的时候，以"巫蛊"的罪名颁下废后诏书："皇后失序，惑于巫祝，不可以承天命。其上玺绶，罢退居长门宫。"自此，汉武帝把陈皇后幽禁于长门宫内，衣食用度还是皇后的待遇。

阿娇不会想到，她有一天竟会困在夜长如岁，春风不度的长门冷宫。她出身豪门，家世显贵，自幼锦衣玉食，华车美屋，再加上出众的容颜，自然而然地就有一种人中之凤的优越感。专宠后宫十多年的她，尽情享受着尊贵的生活和皇帝丈夫对她的宠爱。然

汉武帝刘彻的陵墓

司马相如与汉赋

而令她无法容忍的是，竟有另外一个女人和自己分享着天下"第一"的男人，而且这个女人不过是卑微的歌女。而对于汉武帝刘彻来说，她不过是他登上皇帝宝座的一件工具，对她多年的娇宠更多的是出于巩固政权的需要，自己一旦羽翼丰满，这段建立在权力和欲望基础上的婚姻势必土崩瓦解。此时的她已经彻底明白，那个曾经说过"若得阿娇，当作金屋贮之"的男人已经变得如此绝情。冷宫的孤寂，残忍地折磨着她的身心。

汉武帝刘彻像

长门宫原是馆陶长公主刘嫖的私家园林，以长公主情夫董偃的名义献给汉武帝改建成的，用作皇帝祭祀时休息的地方。

汉代皇宫主要有五宫：长乐宫、未央宫、桂宫、北宫、明光宫。长乐宫位于东南，宫垣东西约两千米，南北约两千四百米。吕后曾居此，以后成太后居地。未央宫在长乐宫西，位城西南角，东西长两千三百米，南北长约两千米，皇帝居此，为朝会、布政之地。桂宫在未央宫北，东西长八百八十米，南北长约一千八百米。北宫、明光宫宫垣未探明，这三个宫为太后、皇后以下的皇帝内室居地。而长门宫在最北

面，属于偏室。

陈皇后被废，迁居长门宫，长门宫成了冷宫的代名词。

(三)千金求赋

阿娇长门宫苦闷愁思，听说司马相如文才天下第一，即派人带黄金百斤到成都，送给生活贫困的司马夫妇，请才子设法挽回，于是《长门赋》写出后，感动了武帝，陈皇后复见亲幸。

赋文大致可分三层。第一层从开头到"君曾不肯乎幸临"，总写陈皇后被弃的痛苦。文章开始就发问：为什么佳人徘徊消忧，魂不守舍，形容枯槁，独自幽居？用一"何"

《长门赋》（局部）

字一气贯开首四句，推出一个伤心到痴病
程度的不幸妇女形象，吸引了读者的注意。
接着便从两方面说明原因：一是配偶食言，
转移了恩爱；二是自己痴情盼望夫君回心
转意而终于失望。

第二层从"廓独潜而专精"起到"怅
独托于空堂"，具体写陈皇后被弃的痛
苦——孤独和寂寞。文章用漂漂的风、沉
沉的云、窈窈的天、殷殷的雷渲染出一种
遭受压抑、情不能舒的沉闷的气氛。恍惚
中她错把雷声听作君王的车音，似乎在弄
清牵动帷幄的是风而非人时，才从错觉中
惊醒。于是，桂树枝条的纷密交接以及群
鸟的翔集、猿啸的呼应均使她意识到自己

茂陵一景

一赋千金美名扬

茂陵是汉武帝刘彻的陵墓

的孤单。她承受着可怕的孤独，徘徊在深宫。但是，那冷落的宫殿里没有任何可使心灵感到温暖的东西：殿体壮大庄严，难以接近。东厢有无数琐细玲珑的饰物，却徒有炫美之意而不会生出同情。殿门上，锁环声若宠钟，没有亲昵的温柔之音。堂顶是橡梁槦栌等物，虽然美丽，却有如积石山般高峻，休想攀附偎依。地下是五色错石，花纹美好整齐，却因帐幔空垂而显得苍白。抚着门楣外望，是与未央宫（皇帝的政事堂）相连的曲台殿，辽远而难以企及。这一切构成一种广大但却空阔，华美但却幽冷的意境，使人神凄肤寒。所以，"声闻于天"的鹤鸣，她听来像是哀号；

黄昏残阳里枯杨上独栖的雌鸟，她看来像自己一样可怜。她该有多少寂寞呀！

第三层从"悬明月以自照"起到文末，具体写陈皇后精神痛苦的另外两个方面：凄凉、空虚。晚上是昔日鸾凤和鸣的时候，她习惯地悬镜自照，虽然装扮齐整，却只能独度清宵。她借鸣琴来宣泄悲愁，琴声竟催落侍女们淋漓的眼泪，其所含哀愁的分量自可想见。她怎能不一再叹息，一再哽咽？她把造成不幸的责任都揽在自己身上，历数自己的过失，羞愧得以袖掩面，无地自容。这种自责自怨固然表现了她的贤淑，更主要的是表现了她无计摆脱的囚徒式的生活痛苦。所以，她"颓思就床"

茂陵全景

茂陵博物馆藏石像

就不是卸掉负担后心理平静的行为，不是斩断了情思"勿复相思"；而是无可奈何的表现，是痛苦中的喘息，是气急时的撒手。唯其如此，她才在恍然入梦时似觉君王仍在身旁，才在梦醒后又跌进失魂落魄般的空虚巨壑。而静夜里那荒鸡的啼鸣使她感到声音的缥缈空漠，历历繁星使她感到天宇的深邃空旷，中庭的月色使她感到深宫的清虚空阔，连熬不完的长夜也给人以时间的步子太不实在的感觉。它用具体的事物写出了"空虚"的声音、颜色和形貌，使陈皇后愁怀郁郁的痛苦成为读者可以听得见、看得清的东西，获得了人

月白星寒，寥落哀婉

们的同情。

陈皇后的心情是抽象的，司马相如把她的各种心情放在形象的图景中来表现。写的几种图景是：1. 陈皇后登台所见风云鸟树的自然景象。特点是阴沉烦郁，给人以窒闷不舒之感，用以表现主人公的孤独。2. 周览所见高大幽深、精巧华丽的宫观之景。特点是庄严工细，给人以闭塞和烦琐之感，最宜于渲染主人公的寂寞。3. 洞房清夜哀音泪面、愁煎气结的生活图景。特点是清冷惨戚，情调同人物的凄凉之感完全一致。4. 冷宫残更、月白星寒的空庭夜景。

一赋千金美名扬

特点是寥落虚静，烘托出居人心灵的空虚。总之，每一景都有人物活动在其中，都透过主人公的感觉展示出来，便以景与情的统一融合表现出高度和谐的美。

陈皇后当时花的是百斤黄金，相当于现在的三十五公斤，可谓天价稿酬了。可是后来为什么常说司马相如的《长门赋》是一赋千金呢？黄金百斤在当时已经是天价数目了，而陈皇后为了重新受宠，不惜一切代价也要让司马相如为她作赋。《长门赋》因此也极具价值，后人都用千金难求来形容司马相如的赋。辛弃疾《摸鱼儿》："千金纵买相如赋，脉脉此情谁诉？"元好问《白屋》："长门谁买千金赋，祖道虚传五鬼文。"范

《长门赋》是一篇描写被锁深宫中的妇女的作品

司马相如与汉赋

088

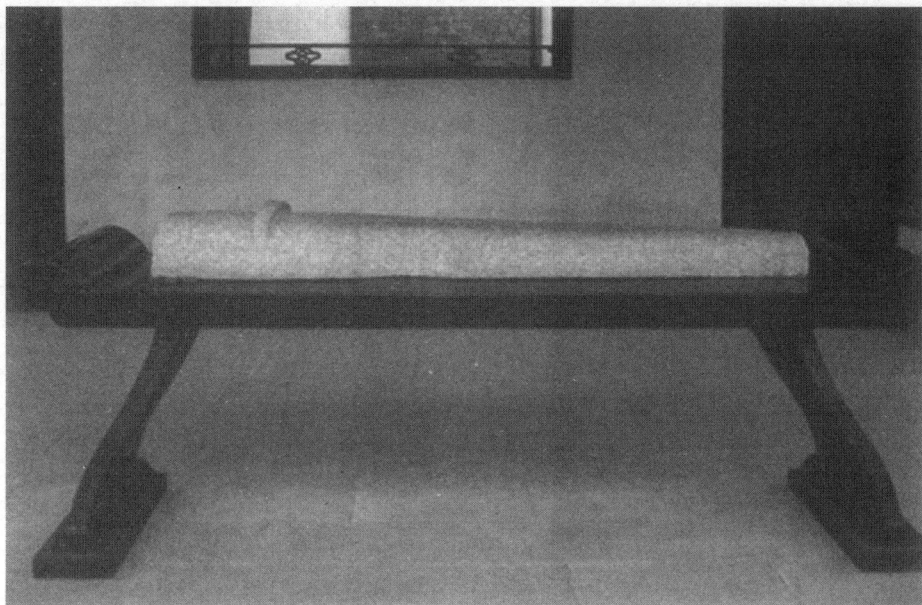

棹《秋日集咏奉和潘李二使君八首》之四：

"题桥一字终何益，卖赋千金竟或无。"

《长门赋》是赋史上第一篇描写被锁闭深宫中的妇女的作品，表现她们的孤独和哀愁，以情景交融的笔触，把人物感情的起伏跌宕写的惟妙惟肖，委婉动人，成为后世宫怨文学的先河。

（四）说不尽的长门

提起长门，人们自然会想到长门宫、长门阿娇、《长门赋》《长门怨》《长门恨》等等。它们各不相同却又都有相通之处，道不尽锁闭深宫的怨恨与哀愁。

《长门怨》是一个古乐府诗题。据《乐

天回北斗挂西楼，金屋无人萤火流

府解题》记述："《长门怨》者，为陈皇后作也。后退居长门宫，愁闷悲思……相如为作《长门赋》……后人因其《赋》而为《长门怨》。"

李白《长门怨》：

天回北斗挂西楼，金屋无人萤火流。月光欲到长门殿，别作深宫一段愁。

桂殿长愁不记春，黄金四屋起秋尘。夜悬明镜青天上，独照长门宫里人。

沈佺期《长门怨》：

月皎风泠泠，长门次掖庭。"

张修之《长门怨》：

长门落景尽，洞房秋月明。"

裴交泰《长门怨》：

一种蛾眉明月夜，南宫歌管北宫愁。"

刘皂《长门怨》：

雨滴长门秋夜长，愁心和雨到昭阳。泪痕不学君恩断，拭却千行更万行。

琴曲《长门怨》：

自从分别后，每日双泪流；泪水流不尽，流出许多愁；愁在春日里，好景不常有；愁在秋日里，落花逐水流……

张祜《长门怨》：

日映宫墙柳色寒，笙歌遥指碧云端。珠

残春未必多烟雨，泪
滴闲阶长绿苔

学画峨眉独出群，
当时人道便承恩

铅滴尽无心语，强把花枝冷笑看。

郑谷《长门怨》二首：

闲把罗衣泣凤凰，先朝曾教舞霓裳。春
来却羡庭花落，得逐晴风出禁墙。流水君恩
共不回，杏花争忍扫成堆。残春未必多烟雨，
泪滴闲阶长绿苔。

司马相如与汉赋

五 汉赋四大家

司马相如画像

汉赋是在汉代涌现出的一种有韵的散文，它的特点是散韵结合，专事铺叙。汉赋的内容可分为5类：一是渲染宫殿城市；二是描写帝王游猎；三是叙述旅行经历；四是抒发不遇之情；五是杂谈禽兽草木。而以前二者为汉赋之代表。

汉赋在结构上，一般都有三部分，即序、本文和被称作"乱"或"讯"的结尾。汉赋写法上大多以丰辞缛藻、穷极声貌来大肆铺陈，为汉帝国的强大或统治者的文治武功高唱赞歌，只在结尾处略带几笔，微露讽谏之意。

汉赋的主要代表人物有：司马相如、枚乘、贾谊、扬雄、王褒等。其中司马相如、扬雄、班固、张衡四人被后世誉为汉赋四大家。汉赋四大家，标志着大赋的内容、风格的成熟。

（一）司马相如

司马相如（公元前179年-公元前118年），字长卿，蜀郡成都人，西汉辞赋家。年轻时喜欢读书击剑，景帝时，为武骑常侍。景帝不好辞赋，他称病免官，来到梁国，与梁孝王的文学侍从邹阳、枚乘等同游，著《子

马相如故里　历史文化名城

虚赋》。梁孝王死后，相如回到成都，路过临邛，结识商人卓王孙女儿卓文君。卓文君美丽聪明，喜欢音乐，仰慕相如文才已久。相如以琴心挑之，文君明白相如的意思，与相如一同回到成都。二人故事遂成佳话，为后世文学、艺术创作提供了材料。

武帝即位，读了他的《子虚赋》，深为赞赏，因得召见。他又写《上林赋》献给武帝，武帝大喜，封他做了郎官。司马相如后来又被封为中郎将，奉命出使西南，对沟通汉与西南少数民族关系起了积极作用，写有《喻巴蜀檄》《难蜀父老》等文。

司马相如的文学成就主要表现在辞赋上。现存《子虚赋》《上林赋》《大人赋》《长门赋》《美人赋》《哀秦二世赋》六篇。明人张溥辑有《司马文园集》。

司马相如故里

司马相如与汉赋

司马相如故里园内景色

　　司马相如是汉大赋的奠基者和成就最高的代表作家。《文选》所载《子虚》、《上林》两赋是他著名的代表作。这两篇以游猎为题材，对诸侯、天子的游猎盛况和宫苑的豪华壮丽，作了极其夸张的描写，而后归结到歌颂大一统汉帝国的权势和汉天子的尊严。在赋的末尾，作者采用了让汉天子享乐之后反躬自省的方式，委婉地表达了作者惩奢劝俭的用意。司马相如的这两篇赋在汉赋发展史上有极重要的地位，它以华丽的词藻，夸饰的手法，韵散结合的语言和设为问答的形式，大肆铺陈宫苑的壮丽和帝王生活的豪华，充分表现出汉大赋的典型特点，从而确定了一种铺张扬厉的大赋体制和所谓"劝百讽一"的传统。后来一些描写京都宫苑、田猎、巡游的大赋都模仿它，但在规模气势上又始终难以超越它。

据《汉书艺文志》记载，他有赋二十九篇，但流传至今的只有《子虚赋》《上林赋》《哀二世赋》《长门赋》《大人赋》等几篇。这几篇作品，为他在中国文学史上赢得了几个"第一"。首先，作为司马相如最重要的代表作，《子虚赋》和《上林赋》是文学史上第一篇全面体现汉赋特色的大赋。在内容上，它以宫殿、园囿、田猎为题材，以维护国家统一、反对帝王奢侈为主旨，既歌颂了统一大帝国无可比拟的声威，又对最高统治者有所讽谏，开创了汉代大赋的一个基本主题。在形式上，它摆脱了模仿楚辞的俗套，以"子虚""乌有先生""无是公"为假托人物，设为问答，放手铺写，结构宏大，层次严密，语言富丽堂皇，句式亦多变化，加上对偶、排比手法的大量使用，使全篇显得气势磅礴，形成铺张扬厉的风格，确立了汉代大赋的体制。鲁迅先生指出："盖汉兴好楚声，武帝左右亲信，如朱买臣等，多以楚辞进，而相如独变其体，益以玮奇之意，饰以绮丽之

司马相如故里走廊

司马相如与汉赋

司马相如故里园内景色

辞，句之短长，亦不拘成法，与当时甚不同。"（《汉文学史纲要》）这就概括了司马相如在文体创新方面的非凡成就。正是这种成就，使司马相如成为当之无愧的汉赋奠基人。其次，《哀二世赋》是整个赋史上第一篇直斥秦朝暴政的作品，具有鲜明的思想倾向和强烈的现实意义。全文只有 158 个字，写得情致蕴藉，感既深沉，警策凝练，与《子虚赋》的铺排夸张、雄浑宏丽形成对照，开后代抒情小赋的先河。再次，《长门赋》是赋史上第一篇描写被锁闭深宫中的妇女的作品，通过表现她们的孤独和哀愁，暴露了封建宫廷的阴森黑暗，可谓文学史上宫怨体的滥觞。作品善

扬雄读书台

于描写景物，烘托气氛，以情景交融的笔触，把人物感情的起伏跌宕写得惟妙惟肖，委婉动人，对后代的宫怨诗产生了相当大的影响。这几个"第一"加在一起，足以使司马相如成为汉赋的第一大家。

（二）扬雄

扬雄（公元前53年-公元18年），字子云，西汉蜀郡成都人。扬雄生平学问渊博，才识绝伦，著述宏富，他不仅是西汉一位著名文学家、哲学家、天文历法家和语言学家，事实上应推为继承先秦诸子百家学术、思想、精神的文化巨人，对后世影响颇为深远。

扬雄出世后家业已经衰败，境况窘困。他从小淡泊安恬，聪敏好学，具有一往无前的精神。因口吃不适言谈，喜于沉思默想．对于前哲群贤，往往由学习倾慕而攀追方驾，进而汪洋恣肆、自总峰巅。扬雄平素仰慕屈原奇才壮节，而叹其不宜自沉汨罗江；敬佩司马相如华国文章，风韵卓然。

扬雄早年极其崇拜司马相如，曾模仿司马相如的《子虚赋》、《上林赋》，作《甘泉赋》《羽猎赋》《长杨赋》，为已处于崩溃前夕的汉王朝粉饰太平、歌功颂德。其内容为铺写天子祭祀之隆、苑囿之大、田猎之盛，结尾兼寓讽谏之意。其用辞构思亦华丽壮阔，与司马相如赋相类，所以后世有"扬马"之称。

《甘泉赋》创作的年代略早，有较强的针对性。赋前都有序文，以明创作主旨。《甘泉赋》主要采取"推而隆之"的方法，极力描写甘泉宫的崇店华阙，说它"似紫宫之峥嵘"，借以说明如此奢华的建筑非人力所能为，非人间所应有，以期对统治者有所警戒。同时，作品还提出"屏玉女而却虙妃"。"玉女无所眺其清庐兮，虙妃曾不得施其娥眉，方揽道德之精刚兮，侔神明与之为资"，委婉地讽刺了成帝宠幸赵昭仪事。但就作品而言，其讽喻主旨并不十分明显，似乎并没有达到序中所设定的意图。

在扬雄的代表作品四大赋中，《甘泉赋》的艺术成就最高，在对景物的描写方面有新的发展。

一是采用主体向关照对象逐步趋靠的方式进行铺陈。先是写道："是时未臻夫甘泉也，乃望通天之绎绎。"这是铺陈的第一时段，后面用大段文字叙述远望所见。

扬雄读书亭

子云亭前扬雄像

第二时段是在近处仰望甘泉宫，"仰矫首以高视兮，目冥眴而无见。"从"据图轩而周流"进入第三时段，是进入甘泉宫内部之后的见闻，是重点的铺陈对象。第四时段叙述天子在甘泉宫的感受及相关举措。

二是铺陈空间多向的维度，展示的是三维六合空间。作者对天子巡游甘泉宫的描写，既有平面拓展，又有立体延伸。在进行平面拓展时，对甘泉宫的景物按照东西北南的顺序进行铺陈；在进行立体延伸时，天子在甘泉宫仿佛上天入地，潜海升空。扬雄在对空间景观进行铺陈时，是全方位展开，并且兼有静态审视和动态描写。

子云亭边的石幢

扬雄像

三是对骚体赋赋予新的功能。扬雄之前，骚体主要用于言志抒情，而且多是以抑郁为基调，扬雄的《甘泉赋》采用骚体，用这种文体来表现汉代盛世和天子的声威，这在历史上是首创，扩大了骚体的选材范围，也使这种文体正式融入主流文化。

扬雄赋写得比较有特点的是他自述情怀的几篇作品，如《解嘲》《逐贫赋》和《酒箴》等。《解嘲》写他不愿趋炎附势去做官，而自甘淡泊来写他的《太玄》。文中揭露了当时朝廷擅权、倾轧的黑暗局面："当涂者升青云，失路者委沟渠；旦握权则为卿相，夕失势则为匹夫"；并对庸夫

汉赋四大家

充斥、而奇才异行之士不能见容的状况深表愤慨："当今县令不请士，郡守不迎师，群卿不揖客，将相不俯眉。言奇者见疑，行殊者得辟。是以欲谈者卷舌而同声，欲步者拟足而投迹。"可见赋中寄寓了作者对社会现实的强烈不满。这篇赋虽受东方朔《答客难》影响，但纵横驰说，词锋锐利，在思想和艺术上仍表现出它的特点。《逐贫赋》是别具一格的小赋，写他惆怅失志，"呼贫与语"，质问贫困何以老是跟着他。这篇赋发泄了他在贫困生活中的牢骚，多用四字句，构思新颖，笔调诙谐，却蕴含着一股深沉不平之气。《酒箴》是一篇咏物赋，内容是说水瓶朴质有用，反而易招损害；酒壶昏昏沉沉，倒"常为国器"，主旨也是抒发内心不平的。另外还仿效屈原楚辞，写有《反离骚》《广骚》和《畔牢愁》等作品。《反离骚》为凭吊屈原而作，对诗人遭遇充满同情，但又用老、庄思想指责屈原"弃由、聃之所珍兮，撅彭咸之所遗"，反映了作者明哲保身的思想，而未能正确地评价屈原。《广骚》《畔牢愁》为今仅存篇目。

从扬雄前期作品中可以看出，作家的政治热情很饱满，关心朝廷大事，对君主期望

扬雄画像

司马相如与汉赋

很高，作品有较强的现实意义。到了后期，因政治上的失意和生活上的清贫，热情渐冷，心态也转向虚静平和，所作多以关注自身、反思人生为主，但对现实的暴露与批判都更为深刻。

扬雄晚年对辞赋的看法却有所转变。他评论辞赋创作是欲讽反劝，认为作赋乃是"童子雕虫篆刻"，"壮夫不为"。另外还提出"诗人之赋丽以则，辞人之赋丽以淫"的看法，把楚辞和汉赋的优劣得失区别开来（《法言·吾子》）。扬雄关于赋的评论，对赋的发展和后世对赋的评价有一定影响。对于后来刘勰、韩愈的文论，颇有影响。

扬雄在散文方面也有一定的成就。如

西蜀子云亭前牌坊

《谏不受单于朝书》便是一篇优秀的政论文，笔力劲练，语言朴实，气势流畅，说理透辟。他的《法言》刻意模仿《论语》，在文学技巧上继承了先秦诸子的一些优点，语约义丰，对唐代古文家发生过积极影响，如韩愈"所敬者，司马迁、扬雄"（柳宗元《答韦珩示韩愈相推以文墨事书》）。在《法言》中，他主张文学应当宗经、征圣，以儒家著作为典范，这对刘勰的《文心雕龙》颇有影响。扬雄还著有语言学著作《方言》，是研究西汉语言的重要资料。《隋书·经籍志》有《扬雄集》5卷，已散佚。明代张溥辑有《扬侍

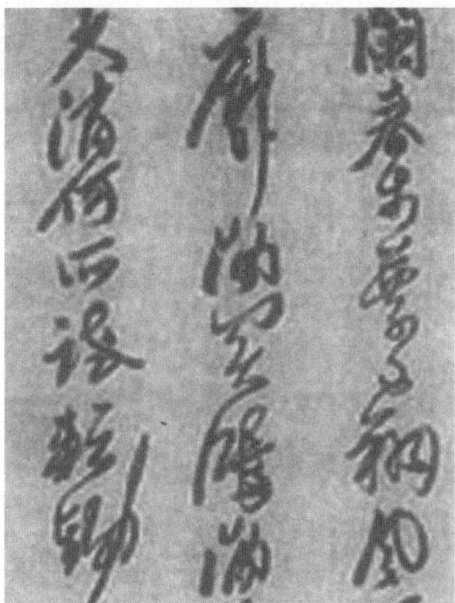
扬雄书法作品

子云亭公园

汉赋四大家

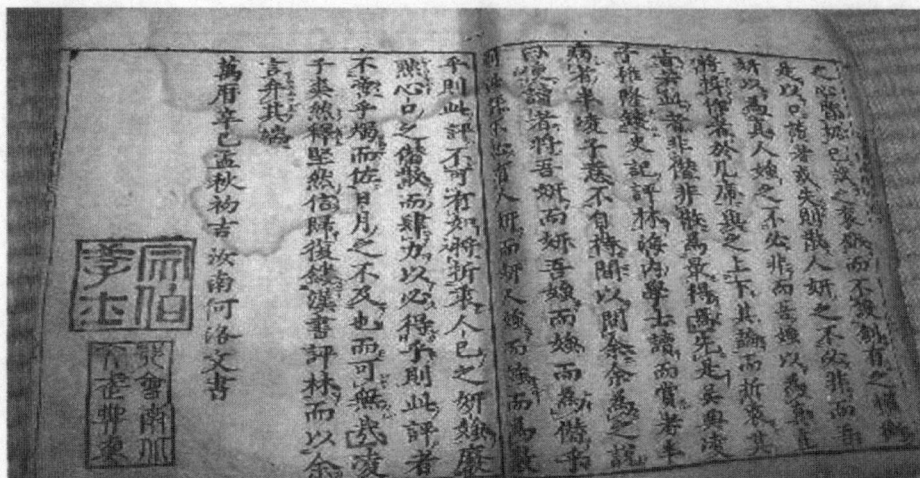

東漢班固《饮书》

郎集》，收入《汉魏六朝百三家集》。此外，他是"连珠体"的创立人，自他之后，继作者非常多。

（三）班固

班固（32-92年） 东汉著名的史学家、文学家，扶风安陵人。一生博览群书，诸子百家之言，无所不读。其父班彪在光武帝时官至望都长，才高学博，撰有《史记后传》百余篇。建武三十年父亲去世，返里居丧，着手整理《史记后传》。明帝永平元年，开始撰写西汉一代史书《汉书》。永平五年，被人告发私改国史，被捕下京兆狱。多亏弟弟班超上书辩白，书稿送到京师。因明帝阅后有赞赏之词，班固才被释放。之后被召回京师校书部，派为兰台令史，与其他五位令

司马相如与汉赋

史掌管图籍、校订文书。第二年，升为郎、典校秘书。奉诏续撰《汉书》，自此，专注精力，以著述此书为业，经历二十多年，直到章帝建初七年，基本修成。建初四年参加章帝在白虎观召集的诸儒会议，辩论六经今古文同异，以史官兼任记录，编成《白虎通义》。班固不死守章句，只求通晓大义，善作赋。

自西汉晚期扬雄以后至于东汉，受社会生活和文化思想变化的影响和作家创作意识转变的制约，汉赋尽管在体制和手法上仍未脱前期模式和模拟之习，但在思想内容和审美情趣方面却明显出现新的迹象和发展趋势。其鲜明标志之一便是京都赋的崛起。

东汉光武帝定都洛阳，而非长安，这件事成为当时一大议论焦点，也引起了文学家们的普遍关注。杜笃的《论都赋》即为此而作。班固的《两都赋》也是为此而作，但所持观点恰与杜笃相反。班固在赋前的序中说明了创作的目的：一则因"海内清平，朝廷无事，京师修宫室，浚城隍，起苑囿，以备制度"；一则因"西土耆老，咸怀怨思，冀上之眷顾，而盛称长安旧制，

班固像

汉赋四大家

有陋洛邑之议"，故作《两都赋》"以极众人所炫耀，折以今之法度"。赋中肯定了定都洛阳的正确性，并极力宣扬了崇文尚礼、"法度"为重的思想。这篇赋奠定了班固在文学史上的地位，也奠定了京都赋的创作格局，成为后世效仿的典范。

《两都赋》采取了《子虚赋》《上林赋》的结构方式，合二为一，又相对独立成篇。上篇只写西都，下篇只写东都，内容划分清楚，结构较为合理。从主导思想上说，他不在规模和繁华的程度上贬西都而褒东都，而从礼法的角度，从制度上衡量此前赞美西都者所述西都的壮丽繁华实为奢淫过度，无益于天下。《西都赋》写长安都城的壮丽宏大，宫殿之奇伟华美，后宫之奢侈淫靡，也极尽铺排之能事，使作者着实表现出了写骈辞大赋的才能。但结果却不是写得越奢华便越体现着作者对它的赞扬，而是折之以法度，衡之以王制。《东都赋》写洛阳，虽也写宫室、田猎的内容，但比较概括，而从礼法制度出发，宣扬节俭，反对奢侈。

《两都赋》中班固从几个方面指出东都对西都的超越。东都以其处于天下的中心地带，超越西京的偏居一隅。东都以其具有丰

班固《汉书》

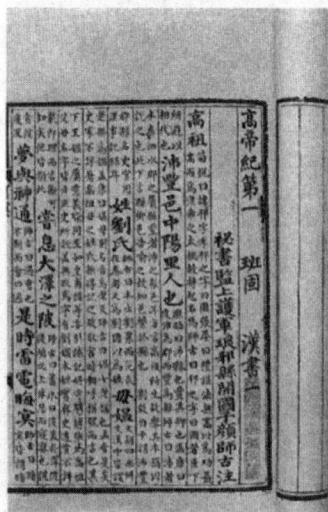

司马相如与汉赋

富文化内涵的自然人文景观，超越西京险峻的山川。东都以其昌盛清明的政治，超越西京的楼堂馆舍、仙宫神室。东都以其礼乐教化，超越西京苑囿池沼。东都以其法度礼仪，超越西京的任性使气、游侠犯禁。东都以其合乎体制的皇家建筑，超越西京的违制宫殿。东都以其普天之下、莫非王土的大一统气概，超越西京闭关自守的狭隘心理。《两都赋》通过主客之间的辩难，涉及一系列重大问题：国都的确定是一劳永逸，还是根据需要迁移？国都应位于天下之中，还是偏居一隅？是恃险守国，还是以德治国？是崇尚节约，还是以奢侈为乐？对于这些问题，《两都赋》都

班固像

给出了明确的答案。

　　班固的《两都赋》在艺术上基本是取法司马相如和扬雄。但同时又有突破和创新。一是打破了"劝百讽一"的结构模式，下篇《东都赋》通篇是讽喻、诱导，形成了"劝"与"讽"的均衡布局，虽然下篇中仍有不少劝的内容，但这劝的内容里已经渗透了作者严正的治国主张和政治见解，而非单纯的铺夸溢美。二是详略有致，别具匠心。为了表现倡法度、反奢侈的主题，作者在上篇中将笔墨集中杂爱西都形盛、物富人丰、崇楼峻宇、苑囿池台、浩荡出游、射禽猎兽等方面，在下篇则歌颂文治武功，宣扬修明法度，倡导适可而止，铺写兴礼作乐。至于物产、楼台、田猎虽有涉及，但着笔不多，上篇详而下篇略。如此简繁得当，层次分明，有力地突显了创作主题。

（四）张衡

张衡(78-139年)东汉科学家、文学家。字平子，南阳西鄂（今河南南阳）人。他自小刻苦向学，很有文采。16岁以后曾离开家乡到外地游学。他先到了当时的学术文化中心三辅（今陕西西安一带）。这一地区壮丽的山河和宏伟的秦汉古都遗址给他提供了丰富的文学创作素材。以后又到了东汉首都洛阳。在那儿，他进过当时的

张衡浮雕

汉赋四大家

复原的地动仪

最高学府——太学，结识了一位青年学者崔瑗，与他结为挚友。崔瑗是当时的经学家、天文学家贾逵的学生，也精通天文、历法、数学等学问。他为官时东汉帝国处在由盛转衰的时代，其时官僚贵族都崇尚奢侈、宦官专政、政治黑暗；他虽有才能，有抱负，但无法施展。在朝为官时，正直敢言，遭宦官谗毁，心情抑郁，有避害全身、归隐田园的思想。

张衡的文学作品主要是辞赋和诗，他的散体大赋以《二京赋》最为有名。《二京赋》是有感于"天下承平日久，自王侯以下莫不逾侈"，于是模仿班固的《两都赋》而创作的。

司马相如与汉赋

张衡发明的天文仪

"精思傅会，十年乃成"。赋模仿《两都赋》分《西京赋》与《东京赋》两篇，借"凭序公子"与"安处先生"的对答结撰成篇。

张衡在创作《二京赋》时，虽然对《两都赋》多有借鉴，但是，张衡作为一名有创作个性的文人，努力对前人有所超越，并在许多方面实现了自己的愿望。班固《两都赋》的题旨比较复杂，涉及东都和西京的许多差异；张衡的《二京赋》色题旨则相对集中，主要突出东京和西都的俭与奢的差异。班固、张衡虽然同是以京都为表现对象，但张衡在选材时尽量避免和《两都赋》过多重复，有自己的侧重面。《两都赋》在描写长安景观时采用回环往复的笔法，出现两次循环；张衡的《二京赋》则简化了一些程序，只经历从外到内，再由内到外的一次推移。《二京赋》结构更为宏阔，思想艺术上也显示出某些特色。赋的主旨是规讽统治阶级，有些议论颇为深刻切直。如告诫统治者切莫"剿民以媮乐，忘民怨之为仇"，警告他们要知道"水所以载舟，亦所以覆舟"的道理。表现了作者对当时社会危机的深刻忧虑和对人民力量的理解。《二京赋》中描述了以前的同类大赋从未记载的若干新事物，如它对都市商贾、侠士、辩士的

垂云篆《盛京赋》

司马相如与汉赋

116

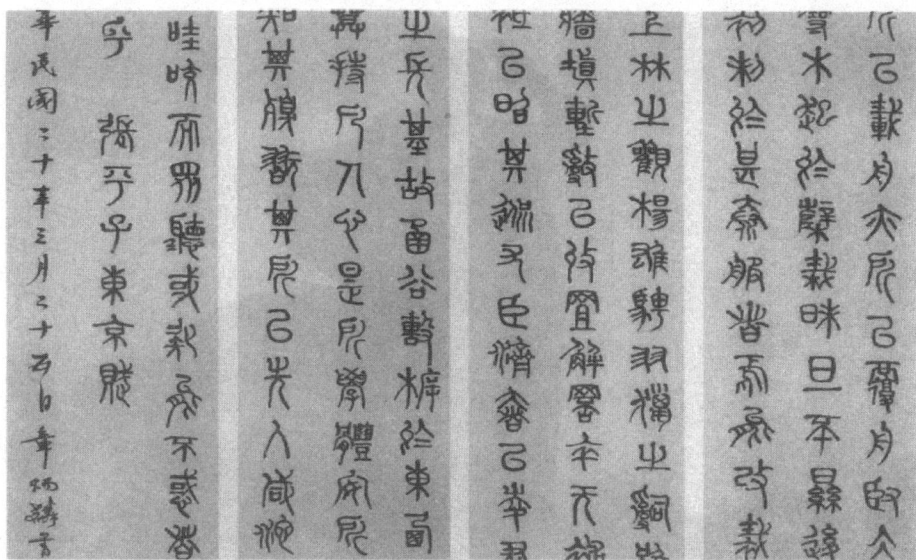

章炳麟篆书《东京赋》

活动以及杂技和百戏的演出情况等都有所反映。有些片断描写生动，如《东京赋》中"濯龙芳林"以下一段，仿照《子虚赋》，按东、西、南、北方位铺写景物，语句清新，颇富文采。

应该说《二京赋》中的理性精神和充实的社会内容结合得非常好，不但超过了司马相如和扬雄，也超过了班固。但作者力求在作品的体制、规模上超越前人，铺写面面俱到，取材精粗并收，因而显得有些漫衍无方，很多描写缺乏典型性和代表性。但其作为京都赋"长篇之极轨"，在思想和艺术上仍有不可忽视的价值，对京都赋的发展具有推波助澜的作用。

张衡和他的发明

张衡还写下第一篇抒情小赋《归田赋》，表现了作者在宦官专权、朝政日非的情况下，退隐田园的乐趣。例如下面一段：

于是仲春令月，时和气清，原隰郁茂，百草滋荣。王雎鼓翼，鸧鹒哀鸣，交颈颉颃，关关嘤嘤。于焉逍遥，聊以娱情。尔乃龙吟方泽，虎啸山丘。仰飞纤缴，俯钓长流。触矢而毙，贪饵吞钩。落云间之逸禽，悬渊沉之鲨鰡……

作者以清新的语言，描写了自然风光，抒发了自己的情志，表现了作者在宦官当政，

司马相如与汉赋

118

张衡像

张衡纪念馆外景

抚辰仪

朝政日非的情况下，不肯同流合污，自甘淡泊的品格。这在汉赋的发展史上是一个很大的转折点。他把专门供帝王贵族阅读欣赏的"体物"大赋，转变为个人言志抒情的小赋，使作品有了作者的个性，风格也由雕琢堆砌趋于平易流畅。在张衡之前，已出现过一些言志述行的赋，如班彪所作《北征赋》，通过记述行旅的见闻，抒发了自己的身世之感，显示了赋风转变的征兆，张衡在前人的基础上，使汉赋的发展发生了根本性的转折。

而这篇作品的艺术魅力恰恰集中体现在这一个"真"字，全赋从始至终抒发的都是真感受、真情怀、真渴望、真志向，体现了一个耿介多才的士大夫于心身俱疲、对现实失望之后的真实想法和真切心愿。作者非常高明地将诸多情愫浓缩到这篇体制短小的赋中，表现起来却显得从容闲淡。《归田赋》的语言清新晓畅、挥洒自如，与内容和谐一体，中间虽含有骈偶成分，但恰到好处，为后世的骈体赋开创了一个良好范例。总之，无论就内容讲，还是就艺术形式讲，《归田赋》都有很高的价值；无论从张衡的全部创作看，还是从汉赋的发展过程看，《归田赋》都有很高的地位。